ROKI
THE CURSED SON
2
ロキ
Dom

CONTENTS

MIKITOP
RoKI
rock'n'roll
ROKI2 TH

2 THE
SONG

TREAT
IE CURSED
!!
?

ROK
CURSED
……!!

TRICK
OR
SONG
??

ロキ２
THE CURSED SONG

総夜ムカイ
原作・監修：みきとＰ

MF文庫J

MUKAI SOUYA & mikitoP & GAS PRESENTS

まえがき

みきとPです。
総夜ムカイ版『ロキ』第二巻、刊行おめでとうございます。

この巻では、作中にとあるバンド名が登場します。
そのバンド名を名付けてくれと言われて、
すぐに思い浮かんだのが「スプライツ」でした。
「Sprits（スプライツ）」は、昔やっていたセッションバンドの命名の際、
候補に挙がっていた名前のひとつです。
結局「Sprits」にはならなかったものの、頭の片隅にずっと残っていたの
で、ここで供養させていただくことにしました。
ええ、ダサいバンド名です。

みなさんも是非愛してやってください。
それでは『ロキ』第二巻、お楽しみください。

THANK YOU
ROCK!!

みきとP
2023

口絵・本文イラスト●GAS

第一章　謎のＱＲコード

街ゆく人たちの装いも、すっかり秋めいている。

だが、皆が長袖を着る季節となっても、この小さなライブハウスは、凄《すさ》まじい熱気を帯びていた。俺が抱えるのはエレキギター。弦にピックを立て、エフェクターを踏み込めば、甲高く歪《ゆが》んだ大音量がスピーカーから放たれる。

追随するベーシストが重低音を掻《か》き鳴らすと、反響で壁が大きく揺れた。

仕上げに、我がバンドのイケメンドラマーが、クルリとスティックを指で回したかと思うや、クラッシュ・シンバルに軽やかにダブルストロークを打ち込む。

瞬く間にステージを駆け巡ったロックビートは、客席へと降りて転げ回る。

すると、フロアのオーディエンスの目が血走った。

――スプライツ。

それが、俺たち三人のバンド名だ。

そして、俺の傍らには、スタンドに立てかけたスマホがある。その画面の中で歌う病弱な一人の少女。彼女の名前は、庄條《しょうじょう》舞輪《まろん》。もうこの世界に存在しない女の子だ。

そんなロックを愛する彼女が残したアンセム――『ロキ』。

舞台とフロアを一つに繋《つな》ぐコール&レスポンス。俺たちが今、彼女とデュエットしている曲こそが、そのロックアンセムなのだ。

そして、俺が今日の演奏に懸ける意気込みは、半端な物なんかじゃない。

俺たちはじっくりと話し合い、今日のステージを高校最後のライブにすると決めていた。

もうすぐ冬がやってくる。そして、春が来れば、俺たちは、別の道を歩むことになる。

三人の志望校は、それぞれ違っているからだ。だが、進路は別々でも、俺たちは県内の大学に通う予定である。だから、何も心配はいらないはずだ。

各々が楽器さえ持ち寄れば、スプライツはいつでも音楽を奏で合えるのだから。

俺は、通り過ぎていく季節に後ろ髪を引かれながら、ただこの声を張り上げる。

新たに始まっていく自分たちの未来に、エールを送るかのように。

※

「終わっちまったな」

後頭部で両手を組む翔也《しょうや》が、空を見上げて呟《つぶや》いた。

ところが誰も彼と目を合わせようとしない。見つめ合えば、たくさんの思い出がこの唇から飛び出てしまいそうになるからだ。

俺たちのモラトリアムな時間は、今日でおしまい。

スプライツはここで一度、歩みを止めるのだ。そして、明日からは受験勉強に集中する。

口を閉ざしたまま三人は、自分たちが打ち鳴らしたサウンドの余韻を噛《か》み締めるように、ゆっくりとアスファルトを踏み付けていた。

すると、俺の心は、みるみる喪失感に苛《さいな》まれていく。

ほんの数週間前の俺は、文化祭でとても大変な目に遭っていた。

庄條《しょうじょう》舞輪《まろん》こと白雪《しらゆき》舞輪の残した呪いの曲を巡る、あの大騒動だ。

あの呪いのせいで、俺は何度も死の恐怖に直面した。大切なバンドメンバーだって、意思を持たない傀儡《かいらい》にされてしまうところだった。

だから俺は、ある女の子と二人三脚で、呪いを解くために頑張ったんだ。そのパートナーの名前は庄條澪《れい》。手首に包帯を巻きつけ、クックックッと妙な笑い方をする、中二病の美少女。彼女と過ごした時間は、たった数週間かもしれない。だけど、俺は彼女に全幅の信頼を寄せていた。だって、彼女の隣はとても居心地が良かったんだから。

そして、嘘《うそ》みたいな話がもう一つある。俺のスマホに、白雪舞輪という女の子が住み着いたんだ。今となっては、信じられない出来事だよな。

彼女たちと呪いの謎を追い掛ける日々は、しんどくも楽しかった。だが、呪いの真実を知った俺は、生まれて初めて真の絶望という物を味わうことになるのであった。

なんと呪いを拡散していた黒幕は、庄條澪《しょうじょうれい》その人だった。加えて、白雪舞輪《しらゆきまろん》は、病気で亡くなった彼女の妹。あの呪いは、庄條姉妹の私怨が招いた悲劇だったんだ。

俺はこの世界の理不尽さを恨んだ。本当は優しかった姉妹が、呪いなんて物に縋《すが》らざるを得ない程、俺たちの日常には悪意が蔓延《はびこ》っているという事なのだろう。

しかし、俺は、その悪意に立ち向かった。何度も躓《つまず》きながら、呪いを振り払うために、スプライツとしてロックフェスの大舞台に立ったのだ。そして、そのアンセムを作った白雪舞輪と共に、『ロキ』を歌い、みんなに降り掛かった呪いを、見事に解いてみせたのであった。

尤《もっと》も、呪いの副作用なのか、あの文化祭のことを誰も覚えていないんだが。それでも俺は、数万人の前で歌う高揚感が忘れられないでいた。

そんなことを考えていると、ふと思い付いた。

「なあ?」

と、声を掛けたら前を歩いていた律人《りっと》と翔也《しょうや》が、俺を振り返る。

「なんだよ、六樹《むつき》?」

翔也が小首を傾《かし》げた。

「もし、全員が受験に合格したら、卒業ライブをやらないか?」

律人が、考える素振りを見せる。

「それって、卒業旅行みたいなこと？」

「ああ、そんな感じだな。旅行に行く金があるなら、スプライツで会場を借りてライブしないか？」

翔也が勢いよく俺の肩に腕を回してくる。

「いいじゃん、それ！　オレたちっぽくて」

「おい、翔也よせって。ちけぇよ」

俺が困惑してみせると、律人が口角を上げる。

「受験が終わったら短期バイトでもすれば、費用は何とかなるかもね。うん、僕も賛成だ」

「決まりだな！　心配すんな。足りない分は、兄貴に出させようぜ」

翔也がおどける。

「純也《じゅんや》さんに、そんな甲斐性《かいしょう》があるのか？」

しかし、これで受験に挑むモチベーションができた。

「じゃあ、それまでスプライツは活動休止だね」

律人が言うと、陽気に振る舞っていた翔也もシュンとする。

「名残惜しいけどな」

俺は二人に誓う。

「また春になったら、この三人でバンドをやろうぜ」

笑顔でみんなが頷《うなず》いた。

と、そんな時だった。

「あっ！　響君《ひびき》、みっけ！」

唐突に、女の子の明るい声が、その場に響き渡った。

「うわっ」

俺は駆け寄ってくるそいつに押しのけられる。

「えっ!?　あれ、大森《おおもり》さん？」

華奢《きゃしゃ》な首筋に掛かる、栗色《くりいろ》の後ろ髪。リップの引かれた大人びた唇。擦れ違う人たちが、思わず振り返ってしまう程の美少女。

現れたのは、クラスメイトの大森奏絵《かなえ》だった。

「偶然だね！　いや、もしかして、これって運命？　せっかくだから、今から遊びに行こーよ～」

大森さんは翔也《しょうや》の腕を取り、その豊満な胸を押し付けた。その瞬間、翔也が赤面する。

慌てた様子で、翔也が言う。

「いやいや、オレたち受験生だしさ！　帰って勉強しなくちゃいけないだろ？」

「いいじゃーん。たまには息抜きだって必要だもん～」

プレイボーイだと思っていたが、翔也は意外と初心《うぶ》なんだろうか。

大森さんに迫られて、すっかりどぎまぎしている。

どうやら大森さんは翔也に気があるらしい。体を張って、好意をアピールしているようだ。

しかし、こいつには、俺たちのことが見えていないのだろうか……？

俺と律人《りつと》は口をポカンと開けて、思わず顔を見合わせた。

そんなこちらのリアクションに気付いたのか、大森さんが目を細めて俺を見やった。

「ああ……その他のメンツもいたんだ？」

俺は抗議の声を上げる。

「おい、その他は失礼だろ」

すると、うちのイケメンドラマーが、実力行使に出る。

「大森さん。いい加減、離れてくんない？　こいつらに勘違いされるから」

力ずくで、彼女の腕を引き剥《は》がした。

「ええ。勘違いされたって、私は別に構わないんですけどぉ……むしろ、そっちの方が好都合的な」

大森さんは、何やらゴニョゴニョ言っている。

仕様がねえな。助け舟を出してやるか。

「これから俺たちは、大人に交ざって打ち上げをやるんだよ」

そんな予定など無かったが、俺は翔也《しょうや》に目配《めくば》せをする。

翔也の口が「サンキュ」と、動くのが見えた。

律人《りっと》も嘆息しながら、俺の芝居に付き合ってくれた。

「そうなんだよ、大森《おおもり》さん。悪いけど、また今度にしてもらえないかな」

大森さんは、不服そうに唇を尖《とが》らせるが、観念したようだった。

「はあ……分かった。じゃあ、響《ひびき》君、今度遊ぼうね？　たとえば、ほら。もうすぐハロウィンだし、一緒にパーティーでもどうかな？」

「あっ、いや。だから、オレたち、受験生だし」

「やった、決まりね？　クラスのみんなにも声掛けておくから！」

「大森さん！　オレの話、聞いてる!?」

スタスタと、大森さんは去って行った。

「何か、嵐みたいな奴《やつ》だったな」

俺が言うと、翔也が突然ハイタッチをしてくる。

「気が利くじゃん。六樹《むつき》のおかげで、大森さんを追い返せたぜ」

「お前もさ。気が無いなら、ちゃんと断ってやれよ」

「いや、彼女も本気で俺にアタックしてるわけじゃないだろ」

「えっ？　どういう意味だよ？」

「良い男と付き合うのが、大森さんのステータスってこと」

「さらっと自分を良い男って言ってるし……」

モテる男は、言うことが違うよな。

「だからオレは、心のこもってないアプローチなんかには、靡《なび》かないんだよ」

見た目はチャラいが、翔也はとても紳士だ。律人の母との軋轢《あつれき》によるバンド解散の危機も、翔也が説得に当たってくれていたと聞く。

「お前は心までイケメンなのかよ」

「はあ？　何だよ、それ」

翔也が笑った。

と、そこで俺は、背後から妙な気配を感じた。

「あれ？　何か、寒くねえか？」

自分の周囲の気温だけが、氷点下になっちまったかのような感覚。冷気が肌にへばりつき、思わず全身が震え始めた。

両腕を掴《つか》みながら、恐々《こわごわ》と俺は気配を感じる方を振り返った。

「お前は……」

予期せぬ光景に、俺は絶句してしまった。

歩道の真ん中に、ギターを抱えた一人の少年が佇《たたず》んでいるのだ。顔にはターゲットマークの紙が張り付けてあり、その下から覗《のぞ》く口元は怪しげに開かれている。

その不気味な野郎には、見覚えがあった。いや、忘れるわけがねえよ。

俺の脳裏に刻まれている、悍《おぞ》ましい記憶の数々。あの恐ろしい呪いを拡散させた、白雪《しらゆき》舞輪《まろん》の動画。そのサムネイルに映っていた少年こそが、今俺の目の前に現れたこいつだ。

しかも、こんな目立つところに堂々と立っているくせに、往来する人々が、ぶつからんばかりの勢いですれすれのところを横切っていくのだ。

まるで誰も、彼の存在に気が付いていないかのようであった。

「なあ？　翔也《しょうや》、律人《りつと》？」

「なんだよ、六樹《むつき》？」

段々と怖くなってきた俺は、親指で少年を指して、二人に問い掛けた。

「こいつは、お前たちの知り合いだったりするのか？」

しかし、翔也は眉根を寄せて、顎に手を置いた。

「うん？　知り合い？　どいつが？」

「えっ？　こいつだよ」

俺は再度、少年に向かって腕を広げる。

しかし、律人も眼鏡を指で持ち上げながら、気まずそうな顔をした。

「六樹は、誰のことを言ってるのさ？」

「はぁ？　いや、だから。このギターを持ってる奴《やつ》だって」

律人は訝《いぶか》しげに俺を見るや、言いにくそうに間を置いてから。

「――そんな人、どこにもいないけど？」

律人の言葉は、さながら銃弾のように俺の頭にぶち込まれる。

「えっ……じゃあ、こいつは」

恐れていたことが起こってしまったのかもしれない。

「俺にしか見えていないってことなのか？」

俺が二人に確認を取る間も、少年は不愉快なその笑みを崩さない。

おそらく自分が俺にしか見えていないことを理解しているのだろう。いや、こいつ自身が、俺にしか見えないように細工しているっていう線もあるのか。

いずれにしても、呪いの関係者が目の前に現れたのだ。この状況は、あの理不尽に人の心を奪っていく呪いが復活したことを意味しているのではないだろうか。

「どうしてお前は、俺の前に現れた？　何が目的だ？」

すると、少年はニタッと頬《ほお》を弛緩《しかん》させて、予想外の言葉を呟《つぶや》いた。

「――トリック・オア・トリート？」

俺は理解が追い付かなかったので、反応が数秒遅れてしまった。

ハロウィンまでは、まだ二週間あると言うのに。随分と、気の早いおねだりだ。

「えっ？　お、お菓子か？」

俺はポケットを手で叩《たた》いて、こいつにやるお菓子を探すが、見つからなかった。

「ダメだ。渡せるような物は、何も持ってねえぞ？」

だが、彼は首を左右に振る。

「なんだよ、お菓子が欲しいんじゃないのか？」

そうだと言わんばかりに、少年は頷《うなず》いた。

「だったら、何が欲しいんだよ？」

少年は挑発的に、ネックを持つ手の人差し指をクッと持ち上げた。そして、俺が何度も聞いた、あの奇妙な言葉を口にするのであった。

「――ロキロキロックンロール！」

機械音のような少年の声が俺の耳に轟《とどろ》くと、スプライツのメンバーのスマホが一斉に鳴った。

「なんだ、うるせえな！　何の通知音なんだよ？」

パトカーのサイレンに似た甲高い音は、鳴りやむ気配はない。周囲から白い目で見られ始めたので、翔也《しょうや》と律人《りつと》が慌てている。俺も急いでポケットからスマホを引っ張り出した。

「何だよ、これは？」

俺たちの液晶画面には、謎のＱＲコードが浮かんでいた。

そこには、インビテーションコードなる文字が書かれている。つまりこれは、サムネイルの少年からの招待状ということなのだろうか？

「おい、こりゃ何の招待状だ？　俺たちを、どこに連れていくつもりなんだよ？」

だが、目線をスマホから少年に戻した俺は、驚愕《きょうがく》する。

「えっ？　どこに行ったんだよ？」

神隠しにでもあったかのように、彼の姿はもうそこに無かった。こんな近距離で、音も出さず、気配さえ感じさせず、人が移動することなんて可能なのか？

もし、それをやってのけたのならば、その所作は、とてもこの世の存在とは思えない。

傍らの律人と翔也も困惑している。

「ったく、誰のイタズラだよ？　いきなりこんなコードを回されても、気味が悪いぞ」

「そうだね。きっと変なページに誘導されるんだろうね。無視するのが一番だよ」

みんなが不審がる中で、俺だけはそのコードを読み取って、アクセスするつもりでいた。

あいつの姿は俺にしか見えていなかった。じゃあ、今度の呪いのターゲットは俺なのか？

Invitation Code

だが、それなら、他の二人にもこのＱＲコードが送られてしまっている点が解せない。

この招待コードは、本当に呪いと関係しているんだろうか。

もし、不用意にこのコードにアクセスすることで呪いを発動させてしまったら、またこいつらを巻き込むことになるのかもしれない。

考えがまとまらず、俺がアプリでＱＲコードをスキャンしようか躊躇《ちゅうちょ》していると、

「ねえ、六樹《むつき》ってば？」

律人《りつと》に肩を叩《たた》かれて、ハッと我に返った。

「お、おう。どうした？」

「さっきから変だよ？　もしかして、この変なＱＲコードって、六樹の仕業なの？」

「いやいや、こんな変てこなイタズラ、俺に思い付くわけないだろ」

ちゃんと取り繕えているだろうか。声が震えていないだろうか。

呪いのことを思い出すと、浦井《うらい》に鉄パイプで殴られたことや、襲い掛かってくる信者たちの常軌を逸した表情が思い出されて、身震いしてきた。

「おいおい、六樹。顔色が悪いけど、大丈夫か？　今日はもう帰って、ゆっくりしろよ」

翔也《しょうや》が心配して、俺の背中をさすってくれた。

「うん、そうだな。じゃあ、お言葉に甘えるわ」

翔也が手を挙げて、

「おう、それがいいって。また明日な」

律人《りつと》は心配そうに俺の顔を覗《のぞ》き込む。

「家まで送ろうか？」

「そりゃ過保護だろ。心配すんなって。この通り元気だろ」

俺は腕を上げ、虚勢を張る。

「平気ならいいんだけど。受験前だし、無理しないでね」

「ああ、分かってる」

俺は二人に手を振って、自宅に向かう。そして、路地に折れた途端に、顔を歪《ゆが》めた。

ゾワゾワと心臓が、不穏な動きをしている。

「また呪いが生まれたのかよ……？　まさか、犯人はまたあいつなのか？」

俺が思い浮かべたのは、共に呪いに立ち向かった、あの女の子の顔だった。

もし、彼女がまた呪いを生み出したのだとしたら？

「庄條澪《しようじようれい》。お前は今、どこにいるんだよ？」

俺は彼女と会いたかった。そして、真実が知りたかった。

彼女には、もう呪いなんかに頼って欲しくなかったから。

※

あの恐ろしい呪いが復活したのかもしれない。そう考えたら、俺は恐怖で眠れなかった。信者に襲われた数々の光景が頭を過《よぎ》り、深夜に何度も体を起こした。

だが、俺に相談できる相手はもういない。俺のスマホにはもう善意の白雪舞輪《しらゆきまろん》の姿はないのだ。そして、庄條澪はライブハウスに一度だけ顔を見せて以来、音信不通なのである。

悶々《もんもん》とした気持ちのまま、俺は月曜日の朝を迎えた。

俺は着替えを済ませて、とっとと家を出る。何となくだが、あいつと帰った踏切や、待ち合わせした木材置き場の倉庫に立ち寄りたくなった。

勿論《もちろん》、そこには、中二病の女の子の姿など、あるはずも無かった。

「なあ、庄條澪？　またお前が、呪いの復活に加担してるのかよ？」

誰もいない虚空を見つめて、俺は呟《つぶや》く。

まだ彼女が首謀者だと決まったわけではないし、サムネイルの少年のことだって見間違いかもしれない。だが、あの怪しいＱＲコードは、俺のスマホに残ったままだ。

重たい体を引きずりながら教室に向かうと、何やら教室が盛り上がっていた。

女子が一人で教壇に上がり、身振り手振りを交え、教室の前方に集まった聴衆に何かを訴えていた。クラスメイトたちは彼女の話に、熱心に聞き入っているようだ。

誰かと思えば、昨日、翔也《しょうや》にちょっかいを掛けてきた、大森奏絵《おおもりかなえ》が喋《しゃべ》っていた。

「ということで、みんな。十月三十一日は予定を空けておいてね？　みんなで受験前の思い出作りに、ハロウィンパーティーをやっちゃおうよ！」

　クラスメイトたちは、まるで文化祭の時のような団結を見せて、オーと拳を突き上げて応えていた。

　クラスのリーダーだった浦井《うらい》カナコが学校を去り、繰り上がり当選でカーストのトップとなったのが、この大森奏絵《おおもりかなえ》だ。

　地獄のような文化祭以来、クラスでは彼女の率いるグループが幅を利かせていた。

　人気者の座を誰が射止めたところで、ぼっちの俺には、どのみち関係ない話なのだが。

　俺は聴衆に交ざることなく、すっと自席に座る。

　だが、どうやら同じ立場の人間が、もう一人いたようだ。俺の隣に座る女子も浮かない顔をして、大森さんを見つめていた。

　彼女の名前は、岩崎《いわさき》夏鈴《かりん》。確か文芸部だったか。いかにも本が好きって感じの、ショートカットで物静かな眼鏡女子だ。

　あまり周りとつるまない奴《やつ》で、休み時間はよく読書をして過ごしている。そして、今もその手には、文庫本が広げられている。チラリと見えたタイトルには、魔法だ何だと、メルヘンチックな言葉が躍っていた。

　良くも悪くも周りに影響されないその姿勢は、俺と共通する部分もあるか。

ふと、岩崎さんの視線を感じるので、首を横に向ける。すると、彼女が本で顔を覆いながら、こっそり俺を覗《のぞ》いていた。

「えっ？　なに、俺に何か用か？」

こちらが声を掛けると、岩崎さんは狼狽《ろうばい》した。

「いえ、その！　用というか、あのですね……」

テンパった様子で、彼女は言い淀《よど》む。

だが、彼女はそっと本を閉じ、机の上に置いて、こちらに体を向けた。

「小鳥遊《たかなし》くんは、ハロウィンパーティーに出席するんですか？」

うん？　ハロウィンパーティーとは何ぞや？

「ああ、今みんながワイワイ盛り上がってる件か」

「はい、そうです」

大森さん発案のイベントのことで良かったようだ。

「俺、はっきり聞いてなかったんだよな。どんなパーティーなんだ？」

「えっとですね……三十一日に、夜の学校で仮装パーティーをやるって話でした」

「おいおい、それは見切り発車だろ。そんなイベント、学校が許可するか？」

「大森さんは、何か秘策があるようなことを言ってましたけど」

「そうなのか？　あいつは、教師たちを説得する自信があるってことか」

どんな交渉材料を持っているか知らないけど、そんなうまく行くんだろうか。

「まあ、本当にパーティーを開催するんなら、翔也《しょうや》と律人《りつと》が出席するか次第だな。あいつらが出るなら、俺も顔を出すと思う」

「そうなんですか。てっきり小鳥遊《たかなし》くんは、こんなイベントに興味ないだろうなって、勝手に思っちゃってました」

「俺がパーティーなんか似合わない陰キャだって言いたいわけ？」

「そ、そういう話ではないです！　すみません、お気を悪くさせてしまって」

いかん。俺は軽口のつもりだったのだが、岩崎《いわさき》さんは真に受けてしまったようだ。

「いや、こっちは冗談のつもりだったから、そんな落ち込まなくてもいいぞ」

「そうでしたか。リアルの人と話すのは、塩梅《あんばい》が難しくて苦手で……」

岩崎さんは、人付き合いが得意ではなさそうだもんな。

まあ、俺も他人《ひと》のこと言えない身分だが……。

「そう言う岩崎さんは、どうするんだ？　参加しないのかよ？」

ばつが悪そうに、岩崎さんが顔を俯《うつむ》ける。

「私なんかがクラスのイベントに参加してもいいんでしょうか？」

「えっ？　いや、ダメなわけないだろ。何で、そんな風に思うんだよ？」

「私、このクラスに親しい友達なんていないので」

思いの外、ヘビーな相談だった。ぼっち参加のパーティーなんて、確かに苦行だよな。

「うーん。じゃあ、無理して出なくてもいいんじゃないか？　迷うようなことか？」

「参加しなかったら、付き合いの悪い奴《やつ》だって思われちゃいそうで」

なるほど。彼女の気持ちも分からなくはない。岩崎さんだって、好きでぼっちをやっているわけではないのだろう。

誰だって、他人にどう思われているか、不安に感じているものだ。

人間というのは、他人にマウントを取って、自分の価値を知らしめる生き物である。俺はそれを、あの呪いの騒動のゴタゴタから学んだんだ。

悪意の白雪舞輪《しらゆきまろん》の怨念が、みんなの記憶から消えていたとしても、呪いによってもたらされた恐怖心が本能に刻まれていたっておかしくはないだろう。

「じゃあ、当日は、俺たちと一緒に参加するか？」

岩崎さんは、虚を衝《つ》かれたという顔をする。

「いいんですか？」

「まあ、翔也と律人に確認は取ってないけど。断られる理由も無さそうだから、大丈夫だろ」

問題はモテ男の翔也だな。大森《おおもり》さんがこのパーティーを計画した理由も、翔也と親睦を深めるためだろうからな。

「じゃあ、私も思い切って参加しちゃいましょうかね」

岩崎《いわさき》さんは両手の指で、机に置いた本をさすりながら、

「ありがとうございます」

と、軽く頭を下げた。

「おう、気にすんな」

でも、これがいつもの安請け合いにならなきゃいいけどな、なんてことを俺は思っていた。

※

その日の放課後だ。上半身は制服、ズボンはジャージのイケメンが話し掛けてくる。

「おい、六樹《むつき》。ちょっと時間あるか?」

「まあ、帰って受験勉強でもするかって感じだけど」

「悪いけど、ちょっとだけ付き合ってくれないか?」

翔也《しょうや》がバンドと関係ない用事で俺を誘ってくるなんて、珍しいこともあるものだ。

すると、翔也の背後から一人の女子が、ひょっこり顔を出す。

「なるほど。大森《おおもり》さんか」

「ああ、ちょっと衣装の買い出しに行くことになってな」

「衣装？　ああ、例のハロウィンパーティーの？」

大森さんが割って入る。

「だって冬になったらもう、みんな本格的に受験モードじゃん？　だから最後の思い出作りをするなら、今しかないっしょ！」

「言いたいことは分かるが、本当に学校の許可を取れるのか？　まずこの手の相談窓口は、あの生活指導のおっさんだろ？」

俺と庄條澪《しょうじょうれい》が襲われ、移動教室のガラスが割られた際に、反省文を提出した、あの先生だ。あいつは、こんなイベントに理解があるように思えない。面倒事はご免だって顔に書いてあるような奴《やつ》だしな。

しかし、俺の話など、大森さんは意にも介さない。

「まあ、任せてよ」

俺は思わず身震いした。彼女が野蛮な目つきになったからだ。

何だろう、この感覚は。どこかで味わったことのある恐怖のような気がする。

「あっ、噂《うわさ》をすれば。へへへ、いいところにカモがネギ背負《しょ》ってくるじゃーん」

と、大森さんが大きく手を挙げて、

「せんせーい！　ちょっとお話いいですかぁ～？」

ジャージ姿で現れた生活指導のおっさんのもとへ駆け寄って行った。

彼女はジェスチャーを交えて、あれこれ説明しているようだが、おっさんの対応はつっけんどんなものだ。案の定、不快そうに唇を尖《とが》らせている。

「何かダメそうだな。やっぱり企画に無理があったんじゃないか?」

俺は交渉が決裂すると悟り、翔也《しょうや》に話を振った。

「いや、そうでもないだろ」

「えっ?」

翔也は真顔だった。

俺は再度、大森《おおもり》さんの方を見やる。何やら彼女が教師の耳元に顔を近づけた。するると、おっさんの顔がみるみる青ざめていった。そして、とうとう泣きつくように床に膝をつき、大森さんに縋《すが》る。

「な? 大森さんの勝ちみたいだ」

翔也は得意げに言う。

教員を足蹴にし、大森さんは何食わぬ顔で、こちらに戻ってきた。

「先生、学校に話つけてくれるってさ」

俺は大森さんの表情に、言い知れぬ感情を抱いた。

ぬるりと絡みつくような、湿った笑顔をしていたからだ。

「お前、あのおっさんに、何を言ったんだ？」

「何って、別に？　ちょっと先生のヤバイ話が、本当かどうか確かめただけだよ？」

「おっさんのヤバイ話って何だよ？」

翔也がすかさず柔和な笑みを作り、

「水臭いじゃん。その先生の話、こっそり教えてよ？」

「ええ、どうしようかな」

指で顎を突き、大森さんはわざとらしく悩む素振りを見せる。

「まあ、響《ひびき》君になら、いっか」

そうして、翔也に耳打ちする。

だが、思いの外、彼女の声は大きく、こちらに漏れ聞こえてきた。

「これは内緒の話なんだけどね。先生、退学した浦井《うらい》さんのグループのうちの一人と、付き合ってたんだよ」

俺は驚いて、声を出してしまう。

「嘘《うそ》だろ⁉」

大森さんの口元がにやりと緩んだ。

「ちなみに、表向きは、あのグループはみんな自主退学ってことになってるでしょ？　ＳＮＳでの悪口が問題視されたからって。でも、違うの。本当の理由は、交際をネタに、浦井さんが先生をゆすってたってことがバレたらしいよ」

俺は大森《おおもり》さんに確認する。

「先生と付き合ってた女の子は、浦井《うらい》に逆らえずに仕方なくつるんでたってことか？」

「うん、実質パシリみたいなことさせてたもんね」

「でも、交際がバレたんなら、あのおっさんも、立場が危ういんじゃないのか？」

「それがね。うちの学校のお偉いさんが、体裁を気にして、事実を揉《も》み消したんだって」

「おいおい、どこまで腐った連中なんだよ」

だが、腑《ふ》に落ちないことがある。

「大森さんに、その情報をリークしたのは、誰なんだよ？」

大森さんは、手鏡で前髪を直しながら、

「そんなの、誰でも良くない？」

と、悪びれる様子もない。

「いや、だってよ。これじゃあ、やってることは浦井と変わらないだろ」

俺が苦言を呈すと、

「小鳥遊《たかなし》君は、私に何か文句があるのかな？」

言葉とは裏腹に、不自然なくらいの晴れやかな笑顔を見せた。

正直、俺はゾッとした。浦井に通じる、ある種の過激さすら感じる。

こいつの企画したイベントに参加しなければ、クラスでどう思われるかと心配していた岩崎《いわさき》さんの心情が、ようやく理解できた。

今まで関わりがなくて知る由もなかったが、大森奏絵《かなえ》は、その女の子らしい仕草の裏に、とんでもない悪意を飼い馴《な》らしているのかもしれない。

翔也《しょうや》が大森さんに近づきたがらない理由も、そこにあるんだろうな。

と、俺が尻込みしているところに、フラッと一人の男子が近寄ってきた。

「ねえ？　買い出しなら、俺っちも行っていいかな？」

そいつは、のほほんとした口調で、こちらに交ざりたいと申し出た。

思わず俺は翔也に視線を送る。あまり話したことがない奴《やつ》だったから、どうしていいか分からない。事情を汲《く》み取ったのか、翔也が任せろといった風に頷《うなず》いた。

「三柴《みしば》も手伝ってくれるのか？　人手は多い方が助かるわ」

こいつは三柴太揮《たいき》。目立つタイプでもないが、かといって友人が少ないわけでもない、ごくありふれた優男だ。どちらかと言うと、人当たりは良い方だろう。

「オッケー」

三柴が、俺と翔也の間に入る。

「ちっ」

と、何やら背後で舌打ちが聞こえた気がした。

振り向けば、大森《おおもり》さんが不満げな面持ちで、後ろ髪を指で弄《いじ》っていた。

翔也《しょうや》だけを誘うつもりだったはずなのに、参加者が増えて面白くないのだろう。

「俺っち、小鳥遊《たかなし》君に用があるんだよね」

と、突然に三柴《みしば》が俺の名前を口にした。

「はあ？」

心当たりのない俺は、ただただ困惑する。

「じゃあ、響《ひびき》君は私と行こうよ！」

嬉々《きき》として大森さんは、翔也の腕に抱きついた。

「ちょっと、大森さん。歩きにくいって」

チャンス到来といった感じで、強引に翔也を男子の輪の中から引っ張り出す。

「可愛《かわい》い女の子にくっつかれて、嬉《うれ》しくないんですかね？」

翔也は観念したのか、まるでカップルみたいな距離感で、大森さんと歩き出した。

残された俺は、仕方なしに二人の後を三柴と共に付いていくことにした。

「何だよ、三柴。お前、空気を読んで大森さんのアシストしたつもりか？」

「いや、空気を読んだとかじゃなくて。ホントに、小鳥遊君と話したかったんだよね」

「だから、俺には、お前に懐かれる理由が分からないんだけど？」

クラスメイトになって半年もの間、三柴と俺に接点なんか皆無である。

「まあ、クラスメイトの好《よしみ》で仲良くしようよ」

「グイグイ来るんじゃねえよ」

ぼっちの俺と仲良くしようなんて、三柴の真意が分からねえ。

今まで俺と話す機会を窺《うかが》っていたってことなのかよ？

「そんなに警戒しなくてもいいじゃん」

三柴は、後頭部の後ろで両手を組んだ。

どうやら俺は身構えてしまい、難しい顔になっていたみたいだ。

「俺に何の探りを入れたいんだ？」

「だから、硬くならないでよ。大した話じゃないから」

「じゃあ、さっさと訊《き》けばいいじゃねえかよ？」

「うん、そうだね」

頷《うなず》いた三柴の顔は、どこか冴《さ》えなかった。

「おい、どうしたんだよ？」

ふと、三柴が立ち止まったので、釣られて俺も足を止めた。

三柴はいやに思い詰めた顔をして、唇を震わせている。

何だかこちらまで緊張してきた。こいつは、俺に何を言い出す気だよ？

「ねえ？　今朝、岩崎《いわさき》さんと何を話してたの？」

だが、緊迫した空気の中で放たれた、意味不明の質問に、俺は拍子抜けする。

「えっ？　岩崎《いわさき》さん？」

岩崎さんとは、俺の隣の席に座るあの女の子のことだろうか。

「答えられないようなことだった？」

三柴《みしば》は、至って真剣な様子だ。うむ、何と言っていいものか。

こんなことを訊《き》いてくるってことは、やはりそういうことなんだろうか。

「俺のバンドと岩崎さんで、ハロウィンパーティーに行こうかって相談をしてただけだよ」

三柴は顔をしかめる。

「へえ、そんな話をしてたんだね」

目に見えて不服な顔しやがって。こいつ、面倒くせぇな……。

「いや、何を勘違いしてんだよ。岩崎さんとどうこうなろうなんて、これっぽっちも思ってねえから、安心しろ」

「そう？　じゃあさ、俺っちもそっちに交ぜてもらっていい？」

「好きにしろよ」

「わあ、ありがとう！」

嬉《うれ》しそうな顔をしやがって。そんなに彼女のことが好きなのかよ？

「でも、男ばっかりだと、岩崎さんが気まずくないかな？」

いや、考えてみれば、男子ばかりの輪の中に岩崎さんを放り込むことになるのか。俺だったら、そんな異性ばかりのグループに入りたくないもんな。

「翔也《しょうや》に頼んで、適当な女子に声を掛けるか？」

「その方がいいかもね」

ようやく変な誤解は解け、俺たちは再び歩き出す。

会話に困った俺は、訊かなくていいことを、つい口走ってしまう。

「お前さ。ひょっとして岩崎さんのことが好きなのか？」

三柴が目をパチパチする。

「意外だね。小鳥遊《たかなし》君って、そういう繊細なところを、ズケズケ訊いてくるんだ？」

「すまん。野暮《やぼ》だったか？」

「ううん、いいってことよ」

あまり深入りするなと、牽制《けんせい》されてしまったようだな。

「そういう話ならさ。君んとこの、響《ひびき》君はどうなのよ？」

「翔也か？　あのイケメン様は、どの子が本命かなんて言ってくれないしな」

「でも、大森《おおもり》さんと彼、お似合いじゃない？」

ほう。傍《はた》から見ると、そう見えるのか。

だが、三柴も、大森さんの腹黒さを知れば、その意見を翻しそうだけどな。

「翔也《しょうや》にその気は無いだろ。じゃなきゃ今日も、俺なんか誘わねえよ」

「ああ、確かに。大森《おおもり》さん、不機嫌そうだったもんね」

「大森さんにとっちゃ、俺たちは邪魔者なのかもな」

そうこうしていると、前を歩いていた二人が量販店の中に消えて行った。

翔也が振り向いて急《せ》かしてくるので、俺たちも急ぐ。

入店すると、入り口付近に早速コスプレ衣装が雑然と陳列されていた。テレビで見る芸能人のマスクだとか、時代錯誤の全身タイツだとか、ちゃちなグッズが目白押しだ。

いちいちそいつらを手に取って、大森さんは大袈裟《おおげさ》なリアクションを見せている。だが、翔也の顔は浮かない。時折こちらに合流したげな視線を送ってくる。

「イケメンは愛想笑いでも様になるよな」

俺が言うと、三柴《みしば》が笑った。

「俺っちたちも、あんな顔で生まれたかったよね」

「そうか？　あいつもあれで、苦労は絶えないだろ」

現にクラスの輪を乱さないために、大森さんに付き合ってやっているんだ。

俺にはできない芸当だよ。翔也は、そういう気遣いのできる奴《やつ》だからな。

「さてと。じゃあ、俺たちも、仕事をするか」

「そだね。でも、仮装パーティーの飾りつけって、どんなのがいいのかな？」

俺は三柴と奥の棚に向かい、装飾用の折り紙なんかを見ていた。

「誕生パーティーみたいな感じでいくのか？　輪っかを作って、壁に貼ったり」

俺は手に持った買い物カゴに、適当に商品を入れていく。

「でも、それだと何か雰囲気出なくない？　せっかくハロウィンなんだから、もっとゾンビとか、身の毛もよだつ的なのがいいな」

ふと、商品を選ぶ俺の手が止まる。

「三柴？　本物のゾンビって会ったことあるか？」

「えっ？　無いけど」

「まあ、そうだろうな。マジで会わない方がいいぞ」

俺は思い返していた。【青春傍観信仰《モノクローム》】により、ゾンビがごとく理性を失《な》くした生徒たちに、追い掛け回され、襲われた場面を。

床を叩《たた》く甲高いバットの音を思い出して、思わず俺は吐きそうになる。

「ホラー映画の主人公になったら、きっと大変だぜ？」

「なにそれ？　小鳥遊《たかなし》君って、何か面白いね」

三柴が、白い歯を見せた。

「ところでさ、予算はどれくらいなんだろうね？」

「あっ、そういや誰が支払うかも聞いてなかったな」

俺は自分の財布を見るが、明らかに金が不足している。

「ちょっと翔也《しょうや》に確認してくるわ」

俺は大森《おおもり》さんと翔也を探す。店内は広く、非常に賑《にぎ》わっているので、一目で見つけられない。それに制服姿の学生客が多くて、紛らわしかった。

「小鳥遊《たかなし》くーん？」

何だか冷たい声音で呼ばれて、俺の肩が跳ねる。

棚の間から、すっと顔を出した大森さんが、こちらに気付いて呼び掛けてきたようだ。

こうやって可愛《かわい》らしく手を振る素振りに、男はころっと騙《だま》されるんだろうな。

「何だ。大森さんかよ」

「ええ、そんな外れクジみたいに言わないでよ」

大森さんは、プクリと頬《ほお》を膨らませる。

こいつは本当に仕草があざとい。どうしてこんなに自分を可愛く見せたがるんだろうな。

まあでも、今回は大森さんから誘ってきた買い出しだ。彼女に訊《き》けば解決するか。

「なあ、今回の経費は、誰が立て替え……」

しかし、俺が言い切らないうちに、大森さんが質問を被《かぶ》せてきた。

「ところで、響《ひびき》君がどこに行ったか知らないかな？」

「翔也？」

ざっと周囲を見渡しても、近くに翔也の姿は無さそうだった。

「こっちには来なかったけど。はぐれたのか？」

「そうなんだよねぇ。どこ行っちゃったのかなぁ？」

さてはあいつ、大森さんの相手するのが面倒になって撒《ま》いたんじゃないのか？

「さあな。トイレとかじゃね？」

「それなら断ってから行くと思うんだけど」

「ほら、急を要したんだろ」

「うわぁ……小鳥遊君って、デリカシー無さすぎ」

うるせえ。何とでも言いやがれ。

「まあ、仕方ないか。じゃあ、作戦を変えようかな？」

「うん？　作戦？」

ふと、俺の間合いに入ってきた大森さんは、鋭い眼光で尋ねてきた。

「ねえ、小鳥遊君ってさ。響君と仲良しなんだよね？」

何だ？　彼女の纏《まと》う雰囲気が変わったぞ。

「まあ、一緒にバンドをやってるくらいだからな」

「だよね？　だったらさ、私と響君の仲を取り持ってよ」

「はあ？　何で俺が、お前のサポートをしなきゃいけねえんだよ」

「なるほど、そうきますか」

言うが早いか、大森《おおもり》さんはポケットからスマホを取り出した。そして、何やら操作をした後、チラリと画面をこちらに見せつけてくる。

「じゃあ、これを見たら、小鳥遊《たかなし》君は協力する気になったりするのかな？」

俺は目を見張った。大森さんのスマホに映っていたのは、文化祭でメイド服を着た庄《しょう》條澪《じょうれい》の写真だったからだ。

「お前、何でそいつを知ってるんだ……？」

ふふんと鼻を鳴らし、

「──それは秘密でーす」

大森さんは、俺を煙《けむ》に巻く。

どういうことだ？　クラスメイトはおろか、両親すら彼女のことを覚えていなかった。

おそらくそれが、庄條澪に与えられた呪いの代償のはずだ。

だが、あえて文化祭の時の写真を持ち出して俺にアピールしてきたってことは、大森さんは絶対にその写真の人物が、庄條澪だと理解しているはずだ。

生活指導のおっさんの時もそうだ。こいつの手口は、人の弱みに付け込み、心を揺さぶることなんだろう。なんて、ヤバい奴《やつ》なんだよ……。

「まあでも、ヒントくらいはあげてもいいかな？」

にやりと不敵に笑った大森さんは、スマホの画面に、あるＱＲコードを表示した。

「それは!?」

あのサムネイルの少年が送り付けてきた招待コードだろう。しかし、俺のスマホに送られた物と、色が違う。こいつのやつは白黒じゃなくて、中の部分が青色だった。

「お前、そのコードを誰からもらった？」

「そんなの内緒。でも、君だって、このＱＲコードを持ってるんでしょ？」

「おい、何でそれを知ってるんだよ？」

「さーあ？」

大森さんは頬《ほお》に指を当て、かわい子ぶってみせる。

どうせ答える気は無いのだろう。

「質問を変えるぞ。お前はそれが何か、知っているのか？」

「まあね」

大森さんは面倒臭そうな声音で、あっけらかんと言う。

「そんなあっさり認めるのかよ」

「だって、どうせいつかバレるじゃん。君もパスコードを手に入れるつもりなんでしょ？」

「パスコード？」

「あれ？　何も知らずに、そのＱＲコードのことを訊《き》いてきたの？」

「ああ、悪いかよ」

「ふーん。何も聞かされてないんだね」

大森《おおもり》さんは、難しい顔をした。

「あのね。これにアクセスするためには、パスコードが必要みたいなの」

「そいつはどこで手に入るんだよ？」

「それが分かれば苦労はしないよ。あいつ、肝心なことは言ってくれないし」

あいつとは、あのサムネの少年のことか？　それとも他の誰かなのか？

どうせそれをこいつに訊《き》いたところで、ろくな返事が来ないだろう。

「大森さんは、怖くないのかよ？」

「怖い？　何が？」

大森さんが首を傾《かし》げた。

「いや、こんなもん、得体が知れないだろって話だよ」

「ううん、そんなこと無いよ」

そう言って、両手を広げた彼女は、哄笑《こうしょう》する。

「このQRコードはね、私を連れて行ってくれるんだよ」

「連れて行くって何処《どこ》へだよ？」

大森さんの表情からあざとさは消え、もはや別人のようだった。

「小鳥遊《たかなし》君は考えたことないの？　この世界なんか、ブッ壊れちゃえばいいって」

その憎しみを孕《はら》んだ醜い面持ちは、まるで呪いに支配された信者のようだった。

「まさかお前、これが呪われたＱＲコードだって自覚してるのか？」

彼女がＱＲコードを使って、何をしようとしているのか、俺には見当もつかない。だが、こいつの思想は危険だろ。

思えば、こいつにだけ庄條澪《しようじようれい》の記憶があるのも不自然だ。もしかすると、こいつは【青春傍観信仰《モノクローム》】と通じている可能性だってあるかもしれない。

「答えろよ！」

俺は問い詰めようと、足を踏み出した。すると、俺の爪先に何かがぶつかる。

「嫌っ……」

無造作に投げられた、大森さんのスマホが床を滑ってきたようだった。

「おい、どうしたんだよ？」

突然のことに理解が及ばなかった。

大森さんは頭を抱えて、その場にしゃがみ込んでしまったのだ。

「何で……何でなのよ」

うわ言のように呟《つぶや》く彼女の傍らを、他校の制服を着た女の子たちが横切っていく。手首にシュシュを付け、髪は金髪に染めているような、派手な見た目の二人連れだった。

「本当に大丈夫か？」

大森《おおもり》さんは、まるで何かに怯《おび》えるようにブルブルと震えている。

だが、一度通り過ぎたはずの女の子たちが引き返して、こちらに近づいてきた。

「あれ？　どっかで見たことあると思ったら、大森じゃね？」

ビクッと、彼女の肩が跳ねた。

「あんた、すっかり感じが変わったね」

声を掛けてきた女の子たちは、大森さんの知り合いだろうか。

当の大森さんは顔を俯《うつむ》けたまま、そいつらと目を合わそうともしない。

「へえ、地元からそんな離れた高校に通ってたんだね」

ヘラヘラと見下すような目と、煽《あお》るかのような物言い。

彼女たちの態度を見て、大体の事情は俺も察した。だが、こういう場合の対処法を、コミュ障の俺は知らない。

大森さんに加勢したいところだが、人見知りの俺には、こんなパリピな奴《やつ》らに声を掛けるなんて躊躇《ためら》われる。そうして俺が、おろおろしている時だった。

「ワリぃな。ちょっと店員さんに、在庫を訊《き》いててさ」

翔也《しょうや》が戻ってきて、颯爽《さっそう》と大森さんの前に立った。

すると、他校の女子の興味が、大森さんから翔也に移った。

「えっ？　超イケメンじゃん！　ちょっと、大森。これ、あんたの友達？　紹介してよ」

翔也は手を拝むように合わせて、

「ごめんね。彼女、気分が悪くなったみたいだから。今度にしてあげて」

「えっ、でも」

「この通り」

「うん。まあ、そういうことなら」

女の子たちは、渋々引き下がる。

「大森。絶対、後で紹介しろよ？」

そんな捨《す》て台詞《ぜりふ》を残して、二人連れは退散して行った。

「助かったぜ。俺、ああいう女子は苦手でさ」

「俺だって得意じゃないって。でも、大森さんの様子がおかしかったから、喧嘩《けんか》でもしてるのかって、冷や冷やしたぜ」

「いや、俺にも詳しいことは分からないんだけど」

普通に考えれば、あの二人から嫌がらせでもされていたんだろう。それは翔也も気付いているが、本人にそんなことは訊けまい。

俺は、床に転がったままの大森さんのスマホを拾ってやる。

「これ、大森さんのだろ？」

裏返しになっていたので気付かなかったが、ディスプレイを覗《のぞ》いてみると、奇妙な文字が躍っていた。

「こりゃ洒落《しゃれ》になってねえぞ……」

俺の心臓がバクバクと、速度を上げる。

俺の耳に、何度も聞いた、傀儡《かいらい》たちの不吉な声が蘇《よみがえ》ってくる。

そう、そのスマホに刻まれていた言葉とは――


――ロキロキロックンロール！


俺は口元を手で押さえ、必死に歯の揺れを止めようと踏ん張る。

「どうした、六樹《むつき》？」

翔也《しょうや》が不思議そうに、俺の手にある大森《おおもり》さんのスマホを覗き込もうとする。

「いや、何でもねえよ」

慌てて俺は、画面が翔也に見えないように背中に隠す。

もしも、俺たちが既に呪われているのならば。

大森さんの言うように、この平穏な日々は、ブッ壊れてしまうのかもしれない。

※

昨日の買い出しは、大森さんのアクシデントにより、日を改めることになった。

ちなみにあの後どうなったかと言えば、体調不良になった大森さんを、翔也が家まで送り届けてくれた。大森さんから露骨に距離を置いていたのに、やはり翔也は紳士だよな。

残された俺と三柴《みしば》は、特に寄り道することもなく、その場で解散する運びとなった。

俺は、大森さんのスマホに浮かんだ文字が気になって、あまり眠れなかった。

眠い目を擦《こす》りながら、何とか教室に辿《たど》り着いた。

「サムネイルのあいつが、大森さんを、呪い復活のために利用しているのか？」

いや、現状では、大森さんが誰と通じているのかは不明だ。尤《もっと》も彼女に詰問したところで、易々《やすやす》と口を割るわけがない。

だが、大森さんが呪いの存在を認知していることは、勘違いなんかじゃないだろう。

「誰かが、この世界にまた呪いをばら撒《ま》くつもりなのか？」

彼女に協力しているのは誰だよ。それを突き止めなければ、文化祭の悲劇が繰り返されることになっちまう。

そうやって、俺が頭を抱えていると、岩崎さんが神妙な面持ちで、俺に話し掛けてきた。

「あの、小鳥遊《たかなし》くん？　ちょっといいですか？」

「どうしたんだよ、岩崎《いわさき》さん？　そんな暗い顔をして」

「クラスメイトが大変なことになってるんですから、笑ってなんかいられませんよ」

「うん？　うちのクラスの奴《やつ》に、何かあったのか？」

岩崎さんは顔をしかめる。

「響《ひびき》くんたちから、何も聞いてないんですか？」

「翔也《しょうや》から？　今朝はまだ話してないけど？」

「そうですか……」

そんな思わせぶりなことを言われると、気になってしまうじゃねえか。

「おい、どうしたんだよ。何かあったのか？」

「実は、大森《おおもり》さんが……」

「はあ？　大森さん？　あいつが、どうかしたのか？」

岩崎さんは俺から目を逸《そ》らし、机の方に目線を落とした。

「どうも昨晩から、原因不明の昏睡《こんすい》状態らしいんです」

「はあ？　いや、ちょっと待て。何だよそりゃ？　あいつ、事故にでも遭ったのか？」

「いえ。自宅で倒れて、それっきりらしいです」

こりゃ冗談ってトーンでもない。じゃあ、俺たちと別れた後、大森さんの身に、何かが起こったのか？

「やっぱりロキロキロックンロールっていうのは、楽しい言葉じゃなさそうだな」

人々を呪いに誘《いざな》う、あの言葉がスマホに浮かんでいたんだ。呪いの発動によって大森さんの意識が奪われたと、考えられないだろうか。

だが、こんなことを岩崎さんに説明しても、文化祭の記憶は綺麗《きれい》に消え去ってしまっているんだ。呪いが存在するなんて話を、すんなり信じてもらえるはずがないだろう。

「ほら、あちこちで噂《うわさ》になってますよ」

岩崎さんが教室の中を見回したので、俺も聞き耳を立てれば、確かにみんな大森さんの話題で持ちきりの様子だ。

「まあ、そりゃいきなりクラスメイトが倒れたら、みんな心配するよな」

しかし、岩崎さんの表情が翳《かげ》った。

「本当にそう思いますか？」

「えっ？　どういうことだよ？」

クラスメイトたちの顔を観察してみると、俺は彼女が何を言いたいか理解した。

「何でこんなに楽しそうなんだ？」

みんなにとってクラスメイトに起こった不幸など、所詮は他人事《ひとごと》なのだ。

だから、その最高のゴシップを面白がって、あちこちで考察が繰り広げられているようだ。だが、膨れ上がった興味は、やがて大森さんへの悪口に変わっていく。

「奏絵《かなえ》が居なくなっても、ハロウィンパーティーは続けるよね？」

「当たり前じゃん。つーか、最近、あいつマジ調子に乗ってたしね」

「むしろ、居ない方が盛り上がるんじゃね？」

聞きたくもないのに、周囲の雑音は俺の耳に届いてしまう。

俺が呪いから護《まも》ろうとした世界は、こんなにも、ちんけな物だったのかよ。

「こいつらがこの調子なら、また別の悪意が生まれちまうかもな」

溜《た》め息交じりに俺は呟《つぶや》いた。

すると、タイミング良く、俺のスマホが震えた。

「おい、こんな時にやめてくれよ。どうせ、メルマガだろ」

だが、予想が外れた。

俺のスマホには、検索もしていないのに、その動画のサムネイルが現れていた。

「くそっ。大森《おおもり》さんを眠らせた犯人は、お前なのかよ？」

ターゲットマークの紙を張り付けた、ギターを持つ不気味な少年の薄ら笑い。しかし、
俺はサムネイルの風景に違和感を覚える。

少年の背後の棚には、彼の趣味なのか、雑多なアイテムが並んでいたはずだ。それが不
自然なことに、女の子の人形がひっそりと一体置かれているだけになっていたのだ。

「おいおい。気分転換に、背景の模様替えでもしたっていうのかよ？」

俺は歯軋《はぎし》りをした。

「大丈夫ですか、小鳥遊《たかなし》くん？」

岩崎《いわさき》さんが心配そうに覗《のぞ》き込んできたが、今は彼女に愛想良く返事する余裕がない。

頼むから、全部が俺の勘違いであって欲しい。

この世界にもう呪いなんか無い。そうであってくれよ。

「そうだ。庄條《しょうじょう》さんと二人で『ロキ』を歌えば、呪いは解けるんじゃねえか？」

俺はあのピンチを、あのロックンロールアンセムをデュエットすることで切り抜けた。

あのフェスのステージと同じように、彼女と歌ってみせればいいじゃないか。

「何でこんな簡単なことを、思いつかなかったんだろうな」

だが、そんな浅はかな考えは、すぐに霧散した。

「嘘《うそ》だろ……」

俺の指が震える。そして、何度も何度もスマホをタップするのだが。

「何でだよ？　何で庄條さんの動画が消えてるんだよ？」

検索で引っ掛からないどころか、フォルダに保存しておいたデータまでもが消失していた。まるで、この世界には初めから、庄條舞輪《まろん》など存在しなかったかのように。

俺は椅子の背もたれに寄りかかるように体を反らし、天井を見上げた。

病床の庄條舞輪が、文字通り命を削ってアップした、あの歌唱動画。ライブステージでの俺の相棒。その大切な彼女の姿が、どこにも無いのだ。

ふと、俺は庄條《しょうじょう》さんの席を見る。

「あれ？　変だな？」

昨日まで彼女の席にあったはずの物が、無くなっているではないか。

「なあ、岩崎《いわさき》さん。あそこの席に花が置いてあったよな？　誰かどかしたのか？」

「えっ？　花ですか？　そんなの、ありましたっけ？」

「いや、あっただろ？　あいつのために、みんなで花瓶を置こうって決めたんだからさ」

岩崎さんは、頰《ほお》に手を添え、思い出そうとしているようだが、

「あの、小鳥遊《たかなし》くん？」

と、申し訳なさそうに、俺の目を見て、

「あいつって誰ですか？」

俺の一番聞きたくなかった言葉が飛んできて、俺は声を失う。

「そんなもん、庄條舞輪《まろん》に決まってるだろ！」

俺が怒鳴りつけると、岩崎さんが身じろぎする。

「落ち着いてください」

「ああ、悪い……岩崎さんに八つ当たりだなんて、最低だよな」

様々な感情が入り乱れて、俺は平静を保てない。

「小鳥遊くんの言う庄條なんて人、このクラスにはいませんけど？」

「マジで言ってるのかよ？　おかしいと思わないか？　それなら何で、あそこにポツンと机があるんだよ？」

「すみません、最初からそうだったので、特に気になりませんでした」

「最初から？」

「はい」

岩崎さんは、真実を口にする。

「――だって、あそこはずっと空席ですよ？」

岩崎さんが放った「空席」という言葉が、心に圧《の》し掛かる。

庄條澪《れい》が身を挺《てい》して埋めたはずのその席は、いつの間にかまた本当の空席となっているらしい。

つまり、この世界の彼女の記憶は、またどこかに葬られてしまったということなんだろう。

「ちくしょう……誰かあいつのことを覚えてねえのかよ」

俺の脳裏に、友人たちの顔が過《よぎ》った。

「そうだ、あの二人なら、何か覚えているかも」

俺は大わらわで、席を立つ。

「どこ行くんですか？　ホームルームが始まっちゃいますよ？」

岩崎《いわさき》さんの声を背に浴びて、俺は廊下に飛び出た。

こうなりゃ一縷《いちる》の望みを、あの二人に託すしかねえ。

「教室に居ないとしたら、どこに居るんだろうな」

俺は考える。勉強熱心な律人《りつと》が行きそうな場所。

「そういや、律人って、たまに図書室で勉強しているよな」

俺はダッシュで、図書室へと向かった。

そして、勢いよくドアを開ける。

「おい、律人いるか！」

するとと、驚いた様子で、律人が戸口を見やった。

「六樹《むつき》？」

俺の予想通り、律人は参考書を広げて、勉強をしているようだった。

「図書室では静かにしなきゃ」

そう言って律人は、立てた指を唇に当てる。

しかし、俺は構わず、ズカズカと室内に入っていき、

「なあ？　変なこと訊《き》いていいか？」

「ちょっと、朝っぱらからどうしたのさ？」

パタリと、律人がノートを閉じた。そこにチラシみたいな物が挟まっているのが見えたが、そんなことを今、確かめている暇はねえ。

「律人は、庄條《しょうじょう》さんのことは覚えているか？」

「えっ？　庄條さん？」

この反応は、どっちだ？

「覚えてねえのか！　庄條舞輪《まろん》だよ！」

俺は律人の腕を掴《つか》んで、激しく揺する。

「おい、六樹。図書室で何を騒いでるんだよ。廊下まで丸聞こえだぞ」

これは偶然だろうか。翔也《しょうや》が輪に加わり、奇《く》しくもスプライツのメンバーが揃《そろ》った。

「すぐに答えないってことは……お前たちすら、庄條さんのことを忘れてるんだな」

俺は律人からどけた手を、だらりと床に向けて垂らした。

「はあ？　オレたちが庄條さんのことを忘れるわけないだろ？」

予想外の返事に、俺は戸惑った。

「えっ？　翔也、今なんて？」

「いや、だから庄條さんのことを忘れるわけはないって言ったんだよ」

俺は思わず翔也に顔を近づける。

「翔也、大好きだぞ！」

「何の告白だよ、六樹《むつき》！　勝手に興奮すんな！」

律人《りつと》も曲がったネクタイを整えながら、

「庄條《しようじよう》さんはもう僕たちと同じステージに立つ、バンドメンバーじゃないか。忘れるなんて薄情なこと、絶対にしないよ」

彼女の存在を、覚えてくれている仲間がいた。

そのことが、俺には堪《たま》らなく嬉《うれ》しかった。

「ありがとう。彼女のことを覚えていてくれて」

熱い物が込み上げてくるので、俺は思わず鼻をすすった。

「でも、じゃあ何で、みんなは庄條さんを忘れているんだよ？」

呪いが発端となって庄條舞輪《まろん》がクラスメイトの記憶から消えたとしたのなら、律人と翔《しよう》也《や》が、彼女のことを忘れずに済んだ理由はもしかすると。

「俺たちの共通点と言えば」

「このQRコードか？」

俺は、ポケットからスマホを取り出して、画面を見る。

これを持っていると、呪いの記憶が蘇《よみがえ》るってことなのか？

「なあ？　二人に訊《き》きたいんだけど」

「何さ？」

律人が不思議そうに訊く。

「庄條さんに、姉がいたことは覚えてるか？」

だが、二人からすぐには返事が来なかった。

こそこそと、二人で何か耳打ちし合っている。

「えっと、それはさすがに」

「初耳だなあ」

どちらも、庄條澪《れい》のことは思い出していないようだ。

じゃあ、大森《おおもり》さんが、彼女のことを覚えていた理由は何なんだろうか？

「なあ、お前たち。今日、大森さんの見舞いに行かないか？」

ＱＲコードを持っている俺たちが大森さんの病室に向かえば、呪いの関係者が現れるかもしれない。行ってみる価値はあるだろう。

「そうだね。クラスメイトが倒れちゃったわけだし」

「昨日はそこまで重症だなんて、分からなかったんだけどな」

大森さんを心配する二人をよそに、俺は呪いのことで頭がいっぱいなのであった。

※

放課後になり、俺たちスプライツは、大森《おおもり》さんの見舞いに行くことにした。

「悪いな、二人とも。受験勉強もあるって言うのに」

翔也《しょうや》が俺の肩を叩《たた》く。

「クラスメイトが入院したんだ。そんなこと言ってる場合じゃないって」

横で律人《りつと》も頷《うなず》いている。

そう言ってくれるクラスメイトは、他に居ないのではなかろうか。

俺は今朝聞いたクラスメイトたちが大森さんの噂話《うわさばなし》をする声を反芻《はんすう》し、何とも言い難い感情を抱いていた。

「ああ、サンキュ」

だが、俺と二人の目的は違う。俺は、呪いのヒントを探るために病院にやってきた。たとえ彼女が目覚めないとしても、会えば何か事が起こるかもしれないからだ。

俺たちは大森さんの見舞いが可能か、事前に担任教師に確認してもらい、許可を取った。

面会謝絶になっていないかと心配していたが、どうやらそこは大丈夫みたいだった。

俺たちは、受付で聞いた病室に辿《たど》り着く。

翔也が戸に手を掛けようとして、

「ここでいいんだよな？」

俺たちの方を振り向いた。

「ああ、合ってると思うぞ」

そう答えた俺は、気持ちを落ち着かせる。だって、この戸を開けたら、あのサムネの少年に奇襲されることも有り得るかもしれない。そんな恐怖で心臓がうねる。

「どうしたの、六樹《むつき》？　顔色が悪いよ？」

「えっ？　いやあ、俺って病院が苦手なんだよ。ほら、ガキの頃に注射を打たれて泣いたイメージが染みついてるんだろうな」

翔也が、からかってくる。

「ははは。ステージとは大違いの反応だな」

「ほっとけ」

そんなやり取りをしていると、

「そうだ。ノックするの、忘れてた」

翔也がコンコンと手の甲で戸を叩いた。

「どうぞ」

中から女性の声がした。大森さんの母親だろうか？

「失礼します」

翔也が戸を開けると、ベッドの傍《そば》で、パイプ椅子に座る女性の姿があった。

「あの？　ここは、大森奏絵《かなえ》さんの病室で大丈夫ですか？」

女性は立ち上がり、

「ええ、そうです。私は、奏絵《かなえ》の母です」

「あの、オレたち、大森《おおもり》さんのクラスメイトなんです」

「ええ、先生から聞いてますよ。わざわざ、ごめんなさいね。どうぞ、こちらに」

母親は憔悴《しょうすい》した様子だった。

「大森さん、本当にずっと意識が無いんですか？」

昏睡《こんすい》だなんて嘘《うそ》みたいに、横たわる彼女は血色が良かった。

「すやすや気持ち良さそうに眠っているでしょ？　でも、何故《なぜ》なんでしょうね。目が覚めないの……」

母親は目元をハンカチで拭う。

「俺たち、昨日の放課後に、彼女と出かけていたんです。だから、こんなことになるなんて信じられないっていうか」

「急な事で、私たち家族も、何が何だか分からなくて」

俺は、母親に問い掛けた。

「帰宅した大森さんに、変わった素振りはありませんでしたか？」

「そういえば、帰ってからずっと無口だったかしら」

「そうですか。たぶん、昔の知り合いに会ったせいじゃないですかね？」

「ああ……」

　母親は、妙に納得した感じだった。

「失礼な言い方になりますけど、中学時代の大森さんは、あまり周りとうまくやれていなかったんですか？」

「本人から直接聞いたわけではないんですけどね。思い当たる節はあると言いますか」

「話せる範囲でいいので、教えてもらえませんか？」

「あの子、中学までは、まったく家にお友達を連れてこなかったんです。今思えばそれは、連れてこられる相手が居なかったってことなんでしょうね」

　おそらく大森さんは高校デビューなんだろう。量販店で会った女の子たちを見て、あんなに怯《おび》えていたのは、過去の自分を知っている相手だったからなのか。

「家に居ても口数は少ないし、あの子が部屋に引きこもる時間も多くなっていました。でも、学校にはちゃんと通うので、私も気にならない振りをしていたんです」

「そりゃ、親が子供の世界に口出しなんかできないですよね」

「ええ、そうですね。なので、高校はあえて遠い学校を選んだみたいで。最近は、楽しそうに学校に通ってくれているので、ほっとしていた矢先だったんですけど……」

「えっ？　最近ですか？」

　高校デビューが成功したと言うなら、入学して環境を変えられた時点じゃないのか？

母親の目から見て、それが最近というのは、どういうことだろうか。

「それって、いつくらいからですか？」

「そうですね。文化祭が終わった後くらいからですかね？」

「文化祭が起点ですか？」

そこで翔也《しょうや》が割って入ってきた。

「オレも何となく感じてた。ほら、浦井《うらい》さんが居なくなってから、大森《おおもり》さんが生き生きしてたっていうか」

「ああ、なるほど。そういうことか」

文化祭の後、大森さんの身に起こった出来事と言えば、浦井カナコに代わってクラスカーストの頂点の座を射止めたことだ。

クラスメイトたちが、浦井が居なくなってから大森さんが調子に乗っているって話をしていたから、間違いないのだろう。

「つまり、目の上のたんこぶが居なくなって、自分の天下がやってきたってことだな」

律人《りつと》の顔が引き攣《つ》る。

「もう少し言い方があるんじゃないかな？」

「あっ、すまん」

母親の前で、刺々《とげとげ》しい物言いをしてしまった。

「大森さんは、自分の思い通りになって浮き立っていたところに、思い出したくない過去を知る相手と遭遇して、忌まわしい記憶がフラッシュバックしたってことなんだろうな」

だが、それと呪いの発動が、どう絡んでいるのかは分からない。

大森さんの心身に起こった変調は、それくらいしか見当たらないが。

「そういえば、妙なことがありました」

母親がスマホを取り出す。

「妙なことですか？」

「はい。私の見間違いだとは思うんですけどね……」

「見間違い？　お母さんは、何を見たんですか？」

「家の中を、ぬいぐるみが歩いていたんです」

あまりに突拍子もない話だったので、思わず俺たちは視線を交わし合う。

「私も夢と混同しているのかと思うくらいで、はっきりは覚えていないんですけど、あんなぬいぐるみを、奏絵《かなえ》は持っていなかったんですよね」

ぬいぐるみが家の中を歩くなんて怪奇現象を、どうやって事実だと信じればいいのだ。

「それからもう一つ、妙なことがありました」

「まだ何かあるんですか？」

俺が訊《き》くと、おもむろに母親はスマホを取り出した。

「奏絵《かなえ》が倒れているのを見つけた時、傍《そば》に落ちていたんですけど」

画面を覗《のぞ》いてみて、俺は言葉に詰まった。

大森《おおもり》さんのスマホが、ザザザと不穏なノイズを立てていた。

「壊れてしまったんでしょうか？　どうやっても、この砂嵐が消えないんです」

俺の心臓がドクリと大きく跳ねた。

「あの、それ貸してもらっていいですか？」

「えっ？　いいですけど」

俺は母親からスマホを受け取る。

「ありがとうございます」

律人《りっと》が心配そうに俺の顔を覗く。

「六樹《むつき》？　何をする気？」

だが、俺は構わず、ごくりと大きく喉を鳴らし、タップしようかと親指を構えた。

俺には予感めいたものがあった。

俺は、あの騒動を経て、悪意の白雪舞輪《しらゆきまろん》もサムネの少年も、こちら側の世界の者ではないと思うようになっていた。

だが、あの少年は俺の目の前に現れた。それはどういうことだ？

このことから、ある仮説を立てることができないだろうか。

——あいつは、現実と、このスマホの世界を、行き来できる。

そして、もしもその方法が、この砂嵐と関係があるんだとしたら。

とうとう俺の指は、液晶画面に届き、俺は覚悟を決めて目を瞑《つぶ》った……。

だが、空調の音が耳につき、おそらく俺の身に何も起こらなかったであろうことを悟る。

「おい、六樹？」

不意に翔也《しょうや》の手が、俺の肩に触れた。俺は目を開いて、

「無事だったみたいだな」

「はあ？　何言ってんだ？　いやに思い詰めた顔をしてるから、舌でも噛《か》み切るのかと思ったぞ」

律人も肩をすくめる。

「六樹は時々、突っ走るから、こっちが不安になっちゃうよ」

何も起こらなかったということは、この不気味な砂嵐は呪いと関係が無かったのか？

いや、そうとも言い切れない。何かきっかけが必要なだけなのかもしれない。

「とりあえず、これは返します」

俺はスマホを母親に返却し、お辞儀をする。

「すみません、俺たちはこれで」

そう言って、俺たちは病室を後にした。

「何でこんなことになっちまったんだろうな」

翔也《しょうや》は、悔しげな表情だった。

「ハロウィンパーティーを企画して、張り切ってたのにね」

律人《りつと》が顔を俯《うつむ》けた。

「案外、パーティーまでには、目を覚ましたりしてな？」

伏し目がちに歩く二人に、俺は前向きな言葉を掛けてやる。

「ああ、六樹《むつき》の言う通りかもな」

そんなことを言い合っている時だった。

エントランスに着いた瞬間、俺たちは一人の看護師と擦れ違った。

「響《ひびき》君……？」

聞き覚えのある声がして、俺は耳を疑った。

それは翔也も同じだったようだ。二人で咄嗟《とっさ》に、身を翻した。

すると、その看護師もこちらを振り返っていた。

「そんなはずないだろ。だって、家にも帰ってないって」

そいつと目が合った翔也は、狼狽《ろうばい》するようにワナワナと唇を震わせていた。

「お前、ここで何をしてるんだよ？」

俺は口を歪《ゆが》める。忘れろと言われても、忘れられるものか。だって、俺は何度もこいつ

に殺されかけたのだ。

「答えろよ、黒木真琴《くろきまこと》？」

俺が名前を呼ぶと、黒木は後ずさる。

どういうわけか、黒木は白衣を纏《まと》っていた。確かに大人びた容姿をしている女の子だが、なぜこいつが看護師になりすまして病院にいるのか理解できなかった。

コスプレ趣味なんかあったのかよ。いや、違うだろうな。だったら、何を企《たくら》んでいる？

大森《おおもり》さんに会えば、呪いの関係者に会えるかと踏んでいたが、黒幕は黒木だったってことなのか？

「ごめんなさい……」

と、黒木は踵《きびす》を返して、院内の廊下を駆け出した。

「ちょっと！　あなた、走ったら危ないじゃない！」

黒木に追い抜かれた看護師が注意するが、彼女の足は止まらない。

あっという間に、階段の方に消えて行った。

「早く黒木を追い掛けないと、逃げられちまうぞ？」

俺が肩を掴《つか》んでも、翔也《しょうや》は脱力して動かない。

「おい、翔也。何を腑抜《ふぬ》けてるんだよ？」

くそっ、翔也の様子がおかしいぞ。でも、今は黒木を捕まえるのが先だろう。

「律人《りっと》？　翔也のことは任せていいか？　俺が黒木と話してくる」

「うん。六樹《むつき》がそうしたい理由があるんでしょ？」

「ああ、悪いな」

黒木が変な工作までして、病院に忍び込む理由は何だろうか。

駆け出した俺は、また別の看護師に呼び止められたが、構うものか。

「どっちに行った？」

階段の行先は、上下階に分かれていた。

「あれは？」

ふと、見上げた踊り場に、片方の靴が無造作に転がっていた。慌てるうちに脱げたのだろうか。

「なるほど、そっちかよ」

俺は階段を駆け上がり、黒木の後を追った。

ふと、二階の廊下で、患者の車いすを押す看護師の後ろ姿が目に入った。髪の長さが同じくらいだったので、反射的に肩に手を伸ばしてしまう。

「黒木か？」

しかし、振り向いた看護師は、

「えっ？　どなた？」

驚いた顔で、首を傾《かし》げた。

「すみません、人違いでした……」

気まずい中、俺は看護師に会釈して、黒木《くろき》の捜索に戻る。

よくよく考えてみると、黒木が裸足《はだし》で病院の中をうろついているとすれば、藪蛇《やぶへび》だろう。不審者だと、自ら名乗り出るような物だ。

エントランスには律人《りつと》がいるから、きっと近寄らないはずだ。となると、なるべく人目につかないところが怪しそうだ。

「非常口なんてのも無さそうだし、どこかに隠れたか？」

なにせ俺も初めての病院なので、院内のレイアウトなど全く分からない。

「屋上の可能性は無いか？」

いや、一般の患者も出入りできるようであれば避けるか。

悩んでいるうちに、俺の頭に一つの疑念が浮かんでくる。

「あいつ、本当にこっちに逃げたのか？」

靴に釣られて、思わず上に行ってしまったが、これは正解なのか。

「まさか、あの靴は、フェイクだった？」

俺を誘導するために、わざとあそこに捨てた可能性もある。

「そうだよ。黒木は、この手の偽装は得意だったじゃねえか」

文化祭で受けた仕打ちが、走馬灯のように蘇《よみがえ》ってくる。

「ちくしょう、間に合ってくれ！」

俺は一目散に階段を降り、地下フロアへと進んだ。

「うわぁ、気味が悪いな……」

案の定、周囲に人気《ひとけ》はなかった。薄暗い廊下には冷気が漂っており、信者が闊歩《かっぽ》するあの文化祭の校舎を彷彿《ほうふつ》させる。気を抜けば、誰かが襲い掛かってきそうな、そんな気配すらあった。

俺の歩く足音だけが、カツンカツンと反響し、それがまた恐怖感を煽《あお》る。

恐る恐る俺は辺りを見回すが、何となく俺はここに人が寄り付かない理由を悟り始める。

「そういや、そういう部屋には、あえてプレートなんて掲げないって聞いたことがあるな」

ごくりと俺は喉を鳴らした。

俺の想像が正しければ、ここは最も死を間近に感じる場所である。

それっぽい部屋が複数あったが、どうやら鍵が掛かっているようで開かない。

最後の戸の前に立ち、俺は意を決する。

「黒木、いるのかよ？」

ガラリと、戸を開けると、

「あっ……」

大きなベッドが目に入った。頭の方に、香炉や花が置かれたテーブルがあり、寝台には人が横たわっていた。深々と肩まで布団をかけ、その顔には白い布が被《かぶ》せられている。

想像通りの結果となり、俺は萎縮《いしゅく》する。ここは、おそらく霊安室だ。ってことは、きっと目の前にあるのは、安置された遺体ってことになる。

「すみません」

見なかったことにしようと、踵《きびす》を返した時だった。

衣擦《きぬず》れの音が背後から聞こえたので、俺は身を翻す。

「誰だ!?」

だが、遺体が静かに眠っているだけだった。

「おいおい、幽霊ってことはねえよな……？」

本物の遺体を前に、さすがに俺は怖気《おじけ》づいた。

「とり憑《つ》かれたら、おしまいだ。さっさと出た方が身のためだよな」

そうして、俺が油断して戸に向き直った隙の出来事だった。

布団がめくり上げられたかと思うや、素早く飛び込んでくる人影がタイルに浮かぶ。

見やれば、遺体が俺に向かって注射器を振りかぶっている。もしや、こいつはゾンビか？　いや、それにしては、まるで生きているかのような血色をしている。

「黒木真琴《くろきまこと》、まだ俺が憎いのかよ！」

ベッドで死んだ振りをしていたのだろう。そいつは、意図的に俺の眼前で手を止め、

「別にもう恨んでもいませんわ」

これ見よがしに、針をちらつかせる。

「だったら、そんな物騒な物はしまえよ」

聞き分けよく黒木は、注射器を床に放り捨て俺を睨《にら》みつける。

「コスプレってわけじゃないんだろ？　どうやって潜入したんだよ？」

黒木は指で白衣の生地を摘《つ》まんで、

「私には容姿がそっくりと言われる従姉《いとこ》がいるのですが、ここで看護師をしておりましてね。ハロウィンの余興に使うからと適当な理由をつけて、拝借しましたの」

ピンッと、弾ませるように生地を指から離した。

「【青春傍観信仰《モノクローム》】は、身内の振りをするのが得意なのかよ？」

皮肉たっぷりに吐き捨ててやると、

「ふん。やはりあなたは全て覚えているようですね」

黒木は、不遜に胸を反らす。

「ああ、あの文化祭のことを、俺だけは忘れちゃいねえよ。庄條《しょうじょう》姉妹のことも、呪いのこともな」

俺の心が弱っているからだろうか。庄條澪《れい》や白雪舞輪《しらゆきまろん》と過ごした思い出は、楽しかった

ことよりも、辛《つら》かったことの方が鮮明に焼き付いている。

「あなたたちこそ、本当に大森奏絵《おおもりかなえ》の見舞いに来ただけなのでしょうか？」

「ほう、話が早いじゃねえか。お互い、疑い合っているわけだ」

「私は彼女のカルテやらを漁《あさ》りに来ましたが、これと言った収穫はありませんでした。あなたはどうなんですの？」

「お前の話なんか信じられるかよ。こっちだって何もねえよ」

「そうですか、残念ですね」

俺たちは睨《にら》み合い、しばしの膠着《こうちゃく》状態が続いた。

先に会話を切り出しのは、俺だった。

「お前は、何で俺たちを見て逃げたんだよ？」

「別に、逃げたわけでは……」

黒木《くろき》が動揺する。

「まだ翔也《しょうや》のことを引きずってるのか？」

ギリッと、歯が欠けるのではないかというくらいの音が鳴る。

「あなたに何が分かるのですか！」

苛立《いらだ》った黒木は、テーブルの上にあった香炉を叩《たた》き落とす。灰が床に散らばり、黒木が線香を踏み付けて砕いた。

「何をそんなに取り乱してるんだよ？」

　苦々しげに、黒木は俺を睨みつけ、

「響《ひびき》君から、何か聞いたのですか？」

「はあ？　翔也の口から、お前の話なんか出たことねえよ」

「そうですか。それなら、私から話すことはありません」

　黒木の話は要領を得ない。

「何だよ、お前たちの過去に、何があったんだよ？」

「さあ？　何があったかなんて、もう忘れてしまいましたわ」

　黒木は物憂げな表情で、虚空を見上げる。

「お前が、大森さんに呪いを掛けたんじゃないのか？」

　俺が尋ねると、黒木がこちらに向き直って、挑発的な笑みを浮かべた。

「へえ。あなたは、そう思っているんですの？」

「何をヘラヘラしてやがる！　否定しないってことは、認めるんだな？」

「濡《ぬ》れ衣《ぎぬ》だと言ったら、信じていただけるのでしょうか？」

「無理だな。お前には、呪いを拡散した前科があるんだからな」

「ふん。やはりあなたは勘違いをしておられるようですね。私が大森さんに呪いを掛けたと、本気でそうお思いですか？」

いや、冷静になると、あのQRコードはサムネイルの少年から送られてきたんだ。まずは、あいつと【青春傍観信仰《モノクローム》】の繋《つな》がりを立証するべきか。

「じゃあ、自分は呪いと関係ないって言いたいのかよ？」

「ええ。今回の呪いは、私たちにとっても脅威なのですから」

「なんだと？　じゃあ、お前たちは、呪う立場から、呪われる立場になったとでも言うのか？」

黒木《くろき》は首肯する。

「じゃあ、大森《おおもり》さんのことを嗅ぎ回っている理由は、何なんだよ？」

「呪いの痕跡を調査するためですわ」

「何でお前たちは、大森さんが呪いに関わっていると、そう思ったんだよ？」

黒木は肩をすくめる。

「それをあなたに教える義理がありますか？」

「ちっ。癇《かん》に障る奴《やつ》だぜ」

俺が舌打ちをすると、黒木がにやけながら、

「では、取引をしませんか？」

「はあ？　何の取引だよ？」

「こちらが掴《つか》んでいる情報をあなたに伝えます。だから、あなたの知っている情報を、こ

ちらに提供いただけませんか？」

　どうする？　これは罠《わな》かもしれないんだぞ。

「じゃあ、こっちが先に質問をしていいか？」

「ええ、どうぞ」

　とりあえず、俺はカマをかけることにした。

「大森奏絵《かなえ》に呪いの件をリークしたのは、お前たちなのか？」

「いいえ」

「何で大森さんは、庄條澪《しょうじょうれい》のことを思い出していたんだ？」

「さあ？」

「あのＱＲコードは、何の招待状だ？」

「調査中としか、言えませんね」

「舐《な》めてんのかよ。お前ら、本当にあいつと関係ないんだろうな？」

　黒木の眉がピクリと動いた。

「あいつとは、誰のことをおっしゃっているのですか？」

「ＱＲコードの送り主だよ」

「あなたは、それをご存じなのですか？」

「そりゃあ、目の前に現れたんだからよ」

「目の前に現れたですって？　教えなさい！　それは誰なんですの！」

黒木《くろき》は語気を荒らげる。

「誰って。そんなもん、お前たちが、よく知っている奴《やつ》じゃねえか」

「私たちが知っている？」

この反応を見る限り、嘘《うそ》をついているって感じではない。

「まさか、あいつは、お前たちにも見えていないのか……？」

「だから、あいつとは、誰のことなんですの？　勿体《もったい》ぶらないでください」

「だからそれは、『ロキ』のサムネイルになっていた、あの変な奴だよ」

「サムネイルの……まさか、あの男の子のことなんですの？」

黒木は顎に手を置く。

「ふふふ、そうですか。これは素晴らしい収穫ですわ」

「おい、勝手に納得するんじゃねえよ」

「どうやら今回の呪いを仕掛けてきたのは、あちらのようですね」

「あちら？　何の話だよ？」

「知らぬが仏という言葉もありますことよ？」

「汚ねえぞ。こっちが情報を提供したんだから、お前たちの情報とやらもよこせよ」

「では、一つだけ」

黒木は、一呼吸の間を置き、

「――彼女は、パスコードを入手してしまったのでしょうね」

それを聞いて、合点が行った。

「そうか、大森《おおもり》さんはパスコードを見つけたんだ。だから、あの文字がスマホに現れたのか」

黒木はそっと瞼《まぶた》を閉じる。

「今回の呪いは、以前とは別物だと考えた方がいいでしょう」

「今度の呪いは、精神的な支配じゃないって言うのかよ？」

「ええ。今頃、彼女の魂は、どこかを彷徨《さまよ》っているのかもしれませんね」

「はあ？　魂なんて形の無い物を、どうやって見つけりゃいいんだよ」

「さあ、私にも見当がつきませんわ」

俺は大森さんの母親との会話を思い返してみる。

「そういや、大森さんの母親が気になることを言ってたんだよな」

黒木は眉をひそめる。

「彼女のお母様がですか？」

「ああ。家の中でぬいぐるみが歩いてたって言うんだ。そんなの絶対に見間違いだよな？」

だが、黒木は、腕組みをしたまま、黙り込んだ。

「おい、どうしたんだよ？」

「あながち、見間違いとも言い切れませんね」

そう答えた黒木《くろき》が歩き出そうとするが、

「おい、ちょっと待ってくれ」

俺は彼女の進路を塞ぐ。

「まだ何かあるのですか？」

「ああ、お前に訊《き》いておきたいことがあるんだ」

だが、俺はなかなか言い出せずにいた。

「早く言いなさい」

急《せ》かされて、ようやく俺は口を開く。

「庄條澪《しょうじょうれい》は、元気にしてるのか？」

黒木が嘆息する。

「さあ、どうでしょうね。私たちの前では気丈に振る舞っておられますが、内心は……」

「そうか。でも、ちゃんとお前たちは、あいつの存在を認識できているんだな」

彼女の存在が誰かの記憶にあることを、少し嬉《うれ》しく思う自分がいる。

「さて、あなたと遊んでいる時間はございませんわ」

と、黒木がシーツを放る。

「おい!? 何をするんだよ！」

突然に視界がブラックアウトする。すると、戸の開く音と、誰かの走り去る音だけが耳に入ってくる。

俺は顔に掛けられたシーツを取り、周囲を見回す。

「くそっ、逃げられたか」

律人《りっと》が黒木を見つけて、引き留めてくれていたらいいのだが。

「それにしても、大森《おおもり》さんの魂なんて、どこを探せばいいんだよ」

だが、妙な気配を感じて、俺はベッドに目をやった。

「うっ……」

俺はその威圧感に慄《おのの》き、動きを封じられる。

「——トリック・オア・トリート」

いつの間にかベッドの上に、サムネイルの少年が座っていたのだ。

少年は、片足を寝台の上で抱きかかえるようにして、こちらを向く。

背中にはギターを背負っていた。

「——ロキロキロックンロール！」

まるで機械のような声音で、またも彼は言い放った。

あまりの不気味さに俺は耳を塞いで、瞑目《めいもく》する。

そして、次に目を開いた瞬間には、

「あれ？　消えた？」

そこにはもう、彼の姿は無かったのであった。

※

あの機械染みた声は、未《いま》だに俺の耳から離れてくれない。

得体の知れない恐怖に震えながら、俺は階段を上がっていた。

黒木真琴《くろきまこと》の話を鵜《う》呑《の》みにするなら、どうやら新たな呪いが産声を上げたらしい。

今度の呪いは、文化祭の時とは別物。魂を抜かれて、昏睡《こんすい》に陥るって物なのだろうか。

じゃあ、呪われた者の魂はどこに行ったんだよ？

「ちくしょう。あのＱＲコードにアクセスすりゃ分かるのか？　パスコードって、何を打ち込めばいいんだよ」

この招待コードはあるのに、パスコードが分からない状況がもどかしい。

ふと、スマホを見た俺は、また『ロキ』のサムネイルが画面に現れたことを確認する。

「今度はそっちにいるのかよ」

だが、俺はそのサムネに生じた変化に気付いた。

「あれ？　何かこれ、増えてねえか？」

サムネの少年の背後の棚に置かれていた人形。確かさっきは一体だけだったはずだ。どうやらそこに、男の子のぬいぐるみが追加されているようだ。

「おい、なんだよ」

俺はスマホをポケットにしまい、エントランスに戻る。

すると、待合室のベンチに座る律人《りつと》が見えた。

「この様子だと、黒木には逃げられたみたいだな」

しかし、どうも律人の様子がおかしい。顔を俯《うつむ》け、抜け殻のように見えた。

「あれ？　翔也《しようや》はどうしたんだよ？」

なぜか、律人は無言だった。

いや、そんなわけないよな？　だが、俺の背中には嫌な汗が流れた。

俺は少し声を震わせ、律人に問うた。

「翔也に何かあったのか？」

律人は瞳を潤ませて、俺を見つめる。

「さっきトイレに行ったまま帰ってこないと思ったら、個室で倒れていたんだ」

「おい、それってまさか？」

「大森《おおもり》さんと同じだよ……何をやっても、目を覚まさなくて」

律人《りつと》は俺にスマホを手渡す。

「翔也《しようや》の傍《そば》に、これが落ちていたんだ」

翔也のスマホの画面は、砂嵐に飲み込まれていた。

さっきサムネイルの少年が現れたことが関係しているのだろうか？

「俺たちは、化け物にでもとり憑《つ》かれちまったのかもな」

呪いがまた俺の近くで、猛威を振るい始めていたのであった。

第二章

呪われたハロウィンパーティー

　翔也が倒れた後、兄の純也《じゅんや》さんがすぐ病院に駆け付けてくれた。

　入院の手続きなどでバタバタするということだったので、純也さんから連絡を受け、俺と律人が翔也の見舞いに来られたのは、翌々日だった。

「おう、お前たち、来てくれたか」

　病室で出迎えてくれた純也さんは、心配させまいと作り笑いを浮かべ、

「さあ、翔也のことを見舞ってやってくれ」

　俺たちを部屋に入れてくれた。俺は翔也の顔を見て、何とも言えない気分になる。

「翔也……」

　隣の律人も神妙な顔つきで、ベッドで眠る友人を見つめる。

「穏やかそうな顔してるだろ？　検査でも異常は見つからないって言うんだから、お手上げだよな」

　純也さんは、心労からか眠れてないのだろう。若干頬《ほお》がコケているし、髭《ひげ》も剃《そ》っていないようだ。ボサボサになった髪を掻《か》きながら、純也さんはパイプ椅子に座る。

　翔也の枕元にはドラムスティックが置いてあった。

「起きるかなと思って、こいつで椅子を叩《たた》いてたらよ。看護師さんに注意されちまったよ。ははは」

純也《じゅんや》さんは、わざと明るく振る舞ってくれているのだろう。

翔也《しょうや》の意識が、今どこにあるのかも分からない。翔也はうっかりパスコードを見つけてしまったのだろうか。

あのサムネイルの少年が、翔也の魂を奪ったって言うのかよ？

翔也を見舞った後、俺は予備校に向かう律人《りつと》と別れて、クラスメイトたちの待つ教室に戻った。

大森《おおもり》さんの企画した、ハロウィンパーティーの準備を手伝うためだ。

クラスのみんなは、大森さんが不在だというのに、イベント開催に迷いがなかった。

クラスのリーダーを気取っていた大森奏絵《かなえ》。しかし、実態はそうじゃなかったようだ。

所詮は浦井《うらい》カナコから彼女に、すげ替えられただけのポストである。

きっと大森さんが翔也に固執していたのも、このクラスの長《おさ》が誰なのか、周囲に知らしめるためだ。彼女は、恋愛をファッションとして捉えていたのだろう。

垢抜《あかぬ》けた自分に酔い、あまつさえ良い男を連れ、自分の器をでかく見せたがったのだ。

だが、周囲の評価は違った。

当人が居なくなれば、また別の者がその役割を担うだけである。

今は大森さんと仲の良かった連中が、クラスを取り仕切っている。でも、たぶん彼女たちは大森さんの見舞いにも行ってないのだろう。

「案外、みんな、ハロウィンにこじつけなくても、普段通りの自分自身が、そもそも仮装みたいなもんなのかな」

誰もが、他人の前では、別の自分を演じているのかもしれない。

大森さんが翔也をファッションとして隣に置こうとしたように、彼女の友人たちもまた、大森さんをファッションとして扱っていたのか。

だから、友人が目覚めないというのに、誰一人沈痛な面持ちなど作らない。

たくさんあるアクセサリーを一つ失《な》くしたところで、別の物を身につければいいのだ。

「可哀相《かわいそう》な奴《やつ》だよな」

尤《もっと》も、音楽で自分の存在を示そうとしている俺も、同類なのかもしれない。

自己顕示欲に塗《まみ》れた、悲しい人間だ。

そうやって俺がクラスの勢力図を確認している時だった。

「あっ、あの岩崎《いわさき》さん。ちょっといいかな？」

「はい？」

俺の隣の席で飾り付けを作る岩崎さんのもとに、数名の女子が集まってきた。

「岩崎《いわさき》さんって何の仮装をするの？」

「えっ？　まだ決めてないですけど……」

「ほんと？　良かった！　じゃあ、これなんてどうかな？」

岩崎さんが女子たちから受け取った衣装を広げると、

「あの……これって？」

うん？　どうしたんだろうか。岩崎さんは難色を示している。

「いいじゃん、いいじゃん。絶対、似合うって」

周りの女子たちは手を叩《たた》いて笑っている。

気になって俺も覗《のぞ》き込んでみる。

「おい、それ……ゴキブリじゃないか」

茶色の全身タイツになっていて、頭部に開いた穴から顔を出すだけの安っぽい仕様の仮装衣装だ。触覚や脚も申し訳程度に伸びた陳腐な仕上がりで、とても女の子に着せていい物じゃなかった。

それを岩崎さんに勧める意味合いを考えたら、歓迎できる話じゃないだろう。

と、俺は立ち上がって、女子たちを制そうとしたのだが、

「ありがとうございます。似合えばいいですけどね」

と、岩崎さんは愛想笑いを浮かべ、鞄《かばん》を掴《つか》むと、おもむろに立ち上がった。

「すみません、今日は失礼しますね」

軽くお辞儀をして、飾り付けを机に置きっ放しのまま教室を出て行ってしまった。

「やっぱ。からかい過ぎたかな？」

「あいつ、怒って帰っちゃったんじゃないの？」

口ではそう言っても、彼女たちの顔は締まりが無かった。

俺は岩崎さんを不憫《ふびん》に思った。

「何だよ、この扱い……」

あんな風なイジられ方をすれば、誰だって気分が悪いものだ。

悪意は日常のどこにでも転がっていると、再認識する。

ふと、何やら教室が騒がしくなったことに気が付いた。

「みなさん、静粛に。では、これから打ち合わせを始めたいと思います」

教壇にクラスと関係ない男女が立っていた。はて、どっかで見たことのある二人だ。

どちらも硬そうな雰囲気の生徒だった。

「何で部外者が勝手に入ってきてるんだ？」

俺が首を傾《かし》げていると、三柴《みしば》がボサッと突っ立っているのが見えて、思わず俺は声を掛けてしまった。

「おい？　お前、岩崎さんのこと追い掛けなくていいのかよ？」

「うん？　どうして？」

「どうしてって、さっきの現場を見てなかったのか？」

「まあ、大丈夫でしょ」

「はあ？　お前、岩崎《いわさき》さんが心配じゃないのかよ？」

三柴《みしば》って、こんな薄情な男だったのか？

「ところで小鳥遊《たかなし》君は、どんな仮装をする予定なの？」

話題を変えやがった。一体こいつは何を考えているんだ。

自分が好意を寄せる女の子が、あんな目に遭って平気なのかよ。

「まあ、俺は適当に余った衣装を譲ってもらおうかな。三柴はどうするんだ？」

「俺っちは、狼男《おおかみおとこ》なんてどうだろ？」

三柴は両手を顔まで上げて、ガオーと吠《ほ》えてみせた。

「じゃあ、俺はお前を撃つハンターでもやるか」

俺は手で銃の形を作って、三柴の眉間に構えてみせる。

「俺っち、狩られちゃうの!?」

三柴は涙目になったかと思うや、真面目なトーンに戻った。

「そういえば、小鳥遊君はバンドを組んでるんだっけ？」

「ああ、翔也《しょうや》と律人《りつと》と、スプライツってスリーピースバンドをやってるな」

「へえ、スプライツ。どうして、その名前にしたの？」

「はあ？　由来なんて興味ねえだろ？」

うーん、それについては、あんまり言いたくないんだよな。

「俺っちは聞いてみたいけどなあ。誰が考えたの？」

本当かよ。まあ、隠すようなものでもないしな。

「えっと。名付けたのは翔也だ」

「へえ。響《ひびき》君なんだ。じゃあ、きっとカッコいい意味があるんだろうね」

「いや、ないぞ？」

「えっ、そうなの？」

三柴は、キョトンとした顔をしている。

「バンドを組んだ頃に俺が、何かそういう名前の炭酸飲料をよく飲んでたんだよ。そうしたら翔也が、バンドの名前はそれでいいんじゃないかって言い出して、決まった」

「ぷっ……あはは！　そんな理由ってあるんだね」

三柴が腹を抱えている。

「そんな反応をされるだろうなと思って、言いたくなかったんだけどな」

ちくしょう。予想通りの反応をしやがって。

「でも、大森《おおもり》さんは、パーティーで小鳥遊君たちに演奏してもらいたかったそうだよ」

「そうなのか？　そんなオファーは来てなかったけどなあ」

何であいつは、俺たちに歌わせたいと思ったんだ？

「大森《おおもり》さん、聴きたい曲があるって言ってたような」

傍らの三柴《みしば》が顎に手を置いた。

「そんなこと言ってたか？」

「うん、言ってたんだよ。でも、おかしいな。全然、タイトルを思い出せないや。パーティーを盛り上げる曲だって聞いたはずなんだけどね」

「パーティーを盛り上げる曲？」

「うん。みんなに、そう説明してたよ」

思い当たる曲が一つだけあった。大森さんは、俺たちに『ロキ』を歌わせるつもりだったんじゃないだろうか？

おそらく庄條《しょうじょう》舞輪《まろん》の存在が消えたことによって、みんなの記憶から『ロキ』のことも消えてしまったってことなのか？

じゃあ、『ロキ』を覚えているのは、俺を含め、あの不思議なQRコードを送られた奴《やつ》だけなのかもな。

「でも、本当にイベントを盛り上げたかっただけなのか？」

ただの余興にしては、選曲が出来過ぎている。何か裏があったのかもしれない。まあ、今となっては、本人に確認することも叶《かな》わないのだが。

　俺が考え込んでいると、

「何をブツブツ言ってるの？」

　三柴が訝《いぶか》しんでいた。

　いかん。変な態度を取っていると怪しまれるな。

「いや、こっちの話だ。そうだ。他にも何か余興は考えてあるのかよ？」

「それを今から決めるんじゃん？」

　うん？　どういうことだ？

　三柴と会話をしている間に、黒板に幾つか案が書き出されていた。

「三柴？　そういや、あいつら誰だっけ？」

「えっ？　小鳥遊《たかなし》君、知らないの？　生徒会の人たちだよ？」

　俺は壇上で話している男女に、顔を向ける。

「生徒会だと？」

　生徒会と言えば、会長は黒木真琴《くろきまこと》のはずだ。

　じゃあ、あいつが、生徒会のメンバーを差し向けたのか？

「では、このハロウィンパーティーのメインイベントは、肝試しということで宜《よろ》しいでしょうか？」

生徒会の男子の質問に、クラスメイトの誰かが言った。

「でも、そんなの今から準備してたら、時間が掛かるんじゃね？」

生徒会の女子が、回答する。

「文化祭でお化け屋敷をした他のクラスが、仕掛けをまだ廃棄していないことは確認済みなので、そちらを流用できます」

俺は隣の三柴《みしば》に訊《き》く。

「ひょっとして、このパーティーって、他のクラスも誘ってんのか？」

「うん。何か、全校生徒対象にして、有志のイベントってことにするみたいだよ」

「それで、生徒会がしゃしゃり出てきたってことか？」

「ううん。何か大森《おおもり》さんの方から、生徒会に協力を依頼していたみたいだよ」

「なに？　大森さんが？」

黒木《くろき》はそんなことを言ってなかったぞ。これだからあいつは、信用できねえんだ。

「でも、生徒会と言えば、黒木会長は不登校になってるんだろ？　ちゃんと機能してるのかよ？」

病院で会ったあいつは、制服ではなく白衣だったしな。

「ああ、そうみたいだね。だから、今は牧田《まきた》さんが代理で運用しているみたいだよ」

「牧田？　誰だよ、それ？」

「えっ？　牧田詩織《しおり》さんじゃん。生徒会の副会長だよ」

俺は目を見開く。

「それって、あの三つ編み眼鏡の女子か？」

「そうそう、その子だよ」

「でも、あいつも黒木と一緒に不登校になってるって聞いたぞ？」

「何でも最近になって、また通い始めたらしいよ」

「最近？」

黒木といい、牧田といい、随分とタイミングが良いじゃねえか。

だが、大森さんが生徒会に接触していたということは、彼女たちの間で、何らかの情報交換はされていたと考えておいた方がいいだろう。

「悪い。俺、寄るところがあるから、ちょっと離れるわ」

「えっ？　小鳥遊《たかなし》君、まだ打ち合わせが途中だよ？」

「話を聞かなきゃいけない用事ができたんだよ」

俺は教室を後にした。

生徒会室は、部室棟の方に設けられている。部活の連中と会議をすることが多いからって理由らしい。

「よし、あいつに、何を知っているのか、訊《き》こうじゃねえか」

俺は重い扉を開けた。

すると真っ先に視界に入ってきたのは、ガッシリとした机だった。そして、その奥にある回転式の椅子の背もたれが、こちらを向いていた。肘掛けに置かれた腕は、女子の制服らしい。

「やはり来られましたか」

くるりと椅子を回転させ、正面に向き直ったそいつが俺に言う。

「ようこそ、生徒会へ」

黒縁眼鏡に三つ編み姿の女子。【青春傍観信仰《モノクローム》】の主要メンバーで、この学校の生徒会で副会長を務める、牧田詩織《まきたしおり》だ。

どうやら生徒会室には、牧田しかいないみたいだった。

「お前だけが、学校に復帰した理由は何だよ？」

「それぞれの役割を全うするためですかね」

「役割だと？」

牧田が椅子から立ち上がる。

「あなたこそ、真琴《まこと》に会ったそうですね」

「それがどうした？」

「おかげで、調査が捗《はかど》りました。お礼を言っておきますわ」

牧田は静かに眼鏡を指で上げると、レンズ越しに鋭い眼差《まなざ》しを俺に向ける。

「真琴から聞きましたが、あなたも見える側の人のようですね」

「見える側って何だよ？」

「サムネイルの男の子を見たという話を聞いたのですが」

「ああ、その話かよ。別にあんな奴《やつ》、見たいわけじゃねえよ」

「やはり話は本当だったのですね」

「そういえば、黒木《くろき》と会った後も、あいつが現れたんだよ」

「何ですって？」

牧田の上半身が、前のめりになる。

「おい、落ち着けよ」

「逆に、なぜあなたは冷静でいられるのですか？」

「はあ？　どういう意味だよ？」

「その男の子の出現が、響君《ひびき》が倒れた事と関係があるとは思わなかったのですか？」

「そりゃ俺だってそう思ってるさ。でも、パスコードが分からないんだから、どうしようもないだろ」

ふと、俺は思い出した。

「そういや、トリック・オア・トリートって、どういう意味なんだ？」

「どうなさったのですか、急に？　それはハロウィンの時に使う、お菓子をくれないとイタズラしちゃうぞ、という文句ですよね？」

「サムネイルのあいつが、そう言ってたんだよ」

牧田《まきた》が驚いて、目を丸くした。

「あなたに、そう言ったんですか？　彼が？」

俺が頷《うなず》くと、牧田が窓に近づいていき、縁にもたれかかった。

「なぜ大森《おおもり》さんは、ハロウィンパーティーを開催したかったのでしょうか？」

「はあ？　そりゃ、翔也《しょうや》とイチャついて、自分を大きく見せるためだろ」

「それも彼女が望むことの一つだったかもしれないですね。しかし、そもそもパーティーを企画したのは、彼女ではなかった、という可能性は無いでしょうか？」

「このパーティーは、あのサムネイルの奴《やつ》が企てたことだって言いたいのか？」

「あくまで、仮説ですけれど」

そりゃ可能性という話なら、ゼロではないだろう。

牧田は続ける。

「なぜ、大森さんが、澪様《れい》を知っていたと思いますか？」

「それについては、黒木《くろき》だって知らないって言ってたぞ」

「そんなはずはありませんけどね。あなたが真琴《まこと》に騙《だま》されたのでしょう」

「ちくしょう。やっぱりあいつ、とぼけてやがったのか……」

牧田は鼻先に、人さし指を置き、

「彼女のＱＲコードが、おそらくホストだったからです」

「ホストだと？」

確かに大森さんの所有するＱＲコードは、俺たちの物と色に違いがあった。

「ええ。どうも、ホストだけが、ＱＲコードの配布状況を閲覧できたらしいのですよ」

「だから、お前たちに会いに来たっていうのかよ？　ＱＲコードを持っているから」

「いえ、あの招待コードをお持ちなのは、澪様だけです」

「そうなのか？　ということは、ホストになったから、大森さんは庄條《しょうじょう》澪の記憶を思い出せたんだな」

「わざわざ彼女は、わたくしの家を訪ねてきましてね。澪様に会わせろと聞かないもので」

「大森さんの目的は？」

「ハロウィンパーティーへの協力の要請です」

「だから、生徒会で手伝ってるって言うのか？　それじゃあ、お前たちが犯罪の片棒を担いでいるようなものだろ？」

「彼女に協力することを決めたのは、パーティーで何が起こるのか、確かめるためです」

「フザけるな、そんな危険なパーティーはやめちまえよ！　呪いの呼び水になるだけじゃねえか！」

「早計ですね。呪いの呼び水にするんですよ？」

「なんだと？　お前たちは、パーティーで、呪いの主犯を誘《おび》き出す気なのか？」

「どのみち、呪いはもう復活しています。パーティーを中止したところで、別の形でまた呪いが侵食してくるのは、目に見えています」

「どうして、そう言えるんだよ？」

「人の悪意に終わりなど無いからです」

そう言われて、俺は納得してしまった。

「確かにな。大森《おおもり》さんが居なくなったたって、クラスでは別の悪意が生まれている節はある。大森さんが消えたって、また誰かが彼女の代わりにホストになるってだけなのか」

「そうです。さながら、メビウスの輪のように」

呪いは繋《つな》がっているのかよ。どこへでも、誰にでも。

この世界に人間が生き続ける限り、悪意は受け継がれてしまうのか。

「でも、何でお前は、招待されてないいんだよ？　何で庄條澪《しょうじょうれい》だけが、ＱＲコードを受け取ったんだ？」

呪いの人選は、不可解極まりない。

「それが分からないから、こうして自ら呪いに近づいて行っているのですよ」

牧田《まきた》は、瞼《まぶた》を閉じた。

「小鳥遊《たかなし》君。一つ提案があります」

「提案？」

「わたくしたちと、共闘しませんか？」

「黒木《くろき》にも言ったけどな、お前たちのことなんか信じられるかよ。自分の胸に手を当てて、よく聞いてみろ」

「ですが、あなたはもうQRコードを受け取ってしまっております。事情を知る人間を傍《そば》に置くメリットはあるかと」

それも一理あるか。俺はしばらく考え込んだが、

「まあ、律人《りつと》を護《まも》るためでもあるしな。それに、俺は翔也《しようや》の魂を取り返したい」

「彼女がこのパーティーで、『ロキ』を悪用しようとしていたことは確かです」

「ああ、俺たちに演奏させようとしていたらしいな」

「彼女が、『ロキ』をどう使うつもりだったのかは、今となっては分かりませんけど」

俺は牧田に問う。

「お前たちは、本当に呪いを止めようとしているのか？　もう悪意の白雪舞輪《しらゆきまろん》は味方じゃないんだろ？　どんな危険な目に遭うか知れたもんじゃねえぞ」

牧田《まきた》は、すっと俺に背を向ける。

「それを言うなら、あなただって同じじゃないですか」

俺も考えなしに突っ走ってきた。それは誰のためだったんだよ？

「なるほど、あいつのためか？」

この感情は、簡単に言葉に変換できるものではない。

強いて言い換えるなら、友情とかになるのか。いや、それじゃあ陳腐すぎるか。

「呪いは今も、まるで蜘蛛《くも》の糸のように、澪《れい》様に強く絡みついて離れません。だから、わたくしたちで断ち切るのです」

呪いを発動させた後遺症なのか、俺には分からないが。周囲の記憶から存在そのものを葬られてしまった。そういった影響があるのだろう。

「そりゃ両親にすら自分の存在を忘れられるなんて、耐えがたい苦痛だよな……」

「澪様は自業自得だと笑います。ですが、どこかあの笑顔には、寂しさが滲《にじ》んでいるように見えて、仕方がないのです」

そうして牧田は、また体をこちらに向け、真剣な表情を作った。

「今回の件も、澪様は独自に動いておられます。あの方は何も、わたくしたちに話してくれません。まるで、わたくしたちを呪いから遠ざけるかのように。だから、わたくしと真《ま》琴《こと》は澪様の手助けをするべく、もう一度、【青春傍観信仰《モノクローム》】を動かすと決めたのです」

「じゃあ、お前たちと庄條澪《しょうじょう》は、別々に行動しているってことなのか？」

「はい。ですから、これはわたくしから、あなたへのお願いです」

牧田が俺に向かって、頭を下げた。

「どういう風の吹き回しだ？」

こいつが俺に、何をお願いすると言うんだ。

「どうか澪様を呪いから解放してください。あなたには、その可能性があります」

「そんなの、お前たちに頼まれなくても、そうするつもりだ」

牧田がフッと笑う。

「それは、何故《なぜ》ですか？」

「何をにやけてやがるんだ？」

「さあ、どうしてでしょうね」

俺は、かつて敵だった【青春傍観信仰《モノクローム》】と、協力することを決意したのであった。

※

庄條澪は現在、【青春傍観信仰《モノクローム》】に関わっていないらしい。

黒木《くろき》真琴の方も、牧田と連携を取り合い、教団として呪いの謎を調べているようだ。

「じゃあ、庄條澪《しょうじょうれい》は、何をしてるんだ？」

黒木《くろき》や牧田《まきた》の話を聞く限り、全く会っていないってこともないようだしな。

だったら、【青春傍観信仰《モノクローム》】の活動の再開も把握済みだろう。

「お互い、秘密裏に助け合っているってことなのか」

牧田との面会を終え、教室に戻るとクラスメイトたちは解散していた。

「ちくしょう、施錠されてんじゃねえか」

鞄《かばん》を教室の中に置いたままだ。

「誰も気づかないとか、酷《ひど》いもんだな。そんなに俺は、影が薄いかよ」

面倒だが、職員室に鍵を取りに行くしかねえな。

ふと、窓からグラウンドを見た俺は、何だか不鮮明な青い塊のような物が見えて、目を擦《こす》る。

「何だ、あれ？」

駆け回る運動部が何度も、その青い影にぶつかっては、擦り抜けていく。

「あんなのが目の前にあって、何で誰も気づかないんだよ？」

ただならぬ雰囲気を感じて、俺は急いでグラウンドに向かった。

嫌な予感がする。あれは、また俺にしか見えていないのか？　その青い影は、体育倉庫の中に吸い込まれていく。

「おい、誰かいるのか？」

俺が倉庫の扉を開けると、

「へっ？」

素っ頓狂な声を上げて、俺を見つめる男子がいた。

そいつは、畳んで積まれたマットに背をつけ、地べたに座ってくつろいでいる。

「三柴《みしば》か？」

三柴は耳にはめていたワイヤレスイヤホンを取って、

「小鳥遊《たかなし》君？　どうしたんだよ？」

驚いた様子で、俺に訊《き》く。

「体育倉庫なんかで何をしてるんだよ？」

「いや、その」

よく見ると、スマホを手に持っていた。

「お前まさか、隠れて変な動画を観《み》てたんじゃないだろうな？」

俺は三柴に近づき、画面を覗《のぞ》き込む。

「ちょっと、やめてよ」

すると、思っていたようなものとは少し違う映像が、目に飛び込んできた。

ピンク色の生地で、ヒラヒラのついた煽情《せんじょう》的な服を着た女の子が映っていた。そして、髪は朱色の、おそらくウイッグを被《かぶ》っている。手に持っているのは、星のついたステッキか。これは、いわゆる魔法少女って奴《やつ》なのだろう。

女の子は、一人でベラベラと喋《しゃべ》っているようだった。

「これ、生配信か？」

「うん、俺っちの推しの配信者様だよ……」

「へえ。アカウントは、【少女ふぜゐ】か。何か変わったネーミングセンスだな」

「ねえ、もういいだろ？」

三柴《みしば》が俺を手で押しのける。

すると、背後に妙な気配を感じて、俺は咄嗟《とっさ》に振り返った。

「ごめん？　痛かった？」

三柴が心配そうに訊《き》いてくるが、そういうことじゃない。そういうことじゃねえんだよ。

「さっきの影は、やっぱりお前だったのかよ？」

俺の懸念は当たっていたのだ。そいつは、またも俺の前に立ちはだかった。

「俺に何を訴えているんだよ、お前は？」

『ロキ』のサムネイルの少年が、不敵に俺に笑い掛けていた。

「どうしたの、小鳥遊君《たかなし》？　後ろに誰かいるの？」

三柴が首を伸ばす。

「なにさ、誰もいないじゃん？」

やっぱりこいつは、普通の人間には見えないんだな。

その時、三柴のスマホがブラックアウトして、警報音が鳴り響く。

「うわ、なになに!?」

そして、三柴のスマホには、あのＱＲコードが浮かび上がった。

「三柴、お前もなのかよ？」

「えっ？　お前もって何がさ？」

刹那、俺の視界からあの不審な少年が突然消えて行った。

「あの野郎。神出鬼没にも程があるだろ？」

彼が消えたのとほぼ同時、三柴のスマホ画面がＱＲコードから、先程の女の子の動画に切り替わった。

「おい、三柴……その配信者は誰だ？」

俺が何故《なぜ》そんなことを訊いたか。

「えっ？　それは、言えないよ」

「何でだよ？」

「どうしてもだよ！　絶対言わないよ！」

三柴は頑として答えようとしない。彼の態度から、それ以上、追及するのは憚《はばか》られた。

だが、その配信者の女の子の背後には、女の子らしいメルヘンチックな部屋の内装には不釣り合いであろう、不気味な人影が確かに映り込んでいた。

推しの女の子の後ろに男が映っているのに、三柴《みしば》が動じていないってことは、やはりこいつにはそれが見えていないのだろう。

その配信者の後ろに映り込んでいた奴《やつ》の正体は、そうだ。

——サムネイルの少年だった。

※

俺は、牧田詩織《まきたしおり》率いる生徒会と協力することになった。まだ誰も、今回の呪いがどんな現象を巻き起こす物なのか、その結論に辿《たど》り着いてはいない。

そして、三柴に、あのＱＲコードが届いたってことは、あいつも呪いに巻き込まれるってことなんだろうな。

そして、三柴の推しの配信者だって女の子。彼女もおそらく呪いに見初められた一人だろう。

「ＱＲコードが送られてきたメンバーには、何か共通点でもあるのか？」

考えられるのは、クラスメイトであること。しかし、そこに庄條澪《しょうじょうれい》をカウントして良いのだろうか。文化祭時点では、妹になり替わってクラスメイトになっていたのだから、当てはまらなくもないが。

それに、あの魔法少女の配信者が誰かってことが分からない。

あんな女の子は、クラスメイトにいない。じゃあ、呪いのターゲットがこのクラスメイトに限定されるって線は無くなったと考えた方がいいのだろうか。

そんなことを考えながら、俺が教室について、席に座ろうとした時だ。

「あれ？　岩崎《いわさき》さん、今日は休みなのかな？」

いつも俺より早く来ている岩崎さんの姿が無かった。

「昨日の件があって、学校に行くのが嫌になったのかよ？」

クラスメイトたちに向けられた悪意によって、彼女は傷ついてしまったのだろうか。

「だったら、三柴を連れて、彼女の話を聞きに行くか？」

と、三柴を見やると、

「おい、あいつまた配信動画でも観《み》てるのかよ？」

三柴はワイヤレスイヤホンを耳に差し込み、にやけた気持ちの悪い顔でスマホを眺めていた。

「何だよ。岩崎さんへの気持ちはそんなもんだったのかよ」

あいつに協力してやろうと思っていた自分が、惨めになってきた。

そうして俺が、教科書を取り出した時だった。

「ど、どうしたの!?」

突然、誰かが奇声を上げたので、クラスメイトが騒然とする。

衆目の先にいた声の主は、三柴《みしば》だった。

周りの目が痛かったのか、ばつが悪そうに三柴は背中を丸めて座り直した。

しばらくすると、室内は落ち着きを取り戻す。

だが、俺は三柴の青白くなった顔を見て、不安が過《よぎ》る。

「まさか？」

俺は急いで、三柴のもとに駆け寄り、

「三柴、何があった？」

肩を叩《たた》くと、彼は体を強張《こわば》らせた。

「おい、気分でも悪いのか？」

「えっ？　平気だよ」

こんな肌寒い季節になったというのに、顋に汗が滴っていることからも、それが強がりだってことは明白だった。

「ねえ、小鳥遊《たかなし》君。ロキロキロックンロールって、どういう意味だと思う？」

「お前、それをどこで聞いた？」

何でこいつが、その言葉を。

「ああ、そうか……配信か？」

配信者が、そう言ったってことか。じゃあ、もう事は起こってしまっているのかよ。

「おい、借りるぞ」

俺は三柴の指から、イヤホンをかっぱらう。

「あっ、ちょっと」

そして、すぐさま耳に入れると、全身に怖気《おぞけ》が走った。

『きゃあ！　なによ、これ！　こっちに来ないでよ！』

イヤホンから聞こえるのは、女の子の物騒な悲鳴だ。

『ちょっと何なのよ！　何よこれ！』

現場の緊迫感が、ひしひし伝わってくる。

何が彼女に近づいてきている？　誰かに襲われているのか？

聞いていて、ゾワゾワと鳥肌が立ってしまう。

三柴のスマホを見やるが、ブラックアウトしていた。

「三柴、この声は、昨日の【少女ふぜゐ】って子のものなのか？」

三柴は目を潤ませながら、

「そうだよ。彼女はどうなっちゃうんだよ？」

「そんなもん、俺に分かるかよ」

俺は、彼を冷たくあしらったわけではない。本当にこれから何が起こるかなんて、俺にだって分からないのだ。

そして、俺と三柴《みしば》の耳に、決定的な言葉が響き渡った。


『——何なのよ、このぬいぐるみ!』


配信者の絶叫を、俺は復唱する。

「ぬいぐるみだと?」

どこかで聞いたことのある話だ。咄嗟《とっさ》のことで、すぐに頭が追い付かない。

すると、三柴が俺に縋《すが》りついて、

「ねえ、小鳥遊《たかなし》君! 岩崎《いわさき》さんはどうなっちゃうんだよ!」

衝撃的なカミングアウトに、俺は瞠目《どうもく》する。

「えっ? まさか、この【少女ふぜゐ】って、岩崎さんなのか?」

その時、俺の思考がようやく追い付いた。

「大森《おおもり》さんの母親は……家の中でぬいぐるみが歩いていたって、言ってなかったか?」

俺は三柴の机に、ドンッと手を突いた。

「おい、三柴！　彼女は自分の部屋で配信しているのか？」

「うん」

「じゃあ、お前は岩崎さんの家は知っているか？」

俺の剣幕《けんまく》に三柴が怯《ひる》んだ。

「えっ？　家？」

「いいから、知ってるのかって訊《き》いてるんだよ！」

「知ってるけど……」

「じゃあ、案内しろ。今すぐ一緒に向かうぞ」

「いや、でも。彼女の自宅には、親御さんもいるみたいだよ」

「もし、親が事態に気付いてなかったら、どうするんだよ！　早くしねえと、岩崎さんが呪われちまうんだぞ！」

俺は狼狽《ろうばい》する三柴を引きずり、廊下に連れ出す。

「呪い？　何の話だよ？」

「翔也《しょうや》や大森さんを見てみろ！　あいつらも、お前に届いたQRコードを持っていたんだよ！　そして、岩崎さんにも届いている可能性が高い」

「そんな……じゃあ、岩崎さんも、大森さんや響《ひびき》君みたいに意識が無くなっちゃうって言うの？」

三柴《みしば》は愕然《がくぜん》として、両手を地面に垂らした。

「まだ間に合うかもしれないだろ！　だから、俺を彼女の家に連れてけよ！」

俺は、三柴の胸ぐらを掴《つか》み、

「岩崎《いわさき》さんを助けたくないのかよ！」

三柴の顔が、ぐしゃりと畳まれる。

「行かなきゃ……行かなきゃ、岩崎さんの家に！」

三柴は駆け出した。そうだ、あれこれ考えている暇はないんだ。

学校を飛び出した俺たちは、赤信号も構わず走り続ける。走行車にクラクションを鳴らされたが、もはや周りを気にしている余裕もない。

「岩崎さんの家は、どれくらいなんだ？」

「走っていけば、十分くらいだよ！」

そんな距離を俺の体力が持つかよ……。だが、不満を漏らしていたって始まらない。

三柴の言う通り、十分くらい走り続けただろうか。

「はあはあ……ここなのか？」

三柴は、とある民家の前で足を止めた。

「はあはあ……うん、ここ」

お互い肩で息をしている状態だ。おまけに汗もかいている。こんな男子二人で押し入ったら、岩崎さんの親に不審がられるだろうな。

　そんなことは考えてもいないのだろう。三柴はインターホンを鳴らした。

『はい、どなたですか？』

　スピーカーからは、母親のものらしき声が聞こえる。

「すみません、俺っち、岩崎さんのクラスメイトの三柴って言います！」

『えっ？　学校はどうなさったの？』

「緊急事態なんです！　岩崎さんは無事ですか？」

『夏鈴《かりん》が無事？　どういうこと？』

　俺も加勢する。

「お母さん、お願いです！　俺たちを中に入れてください！」

　ガチャッと、玄関のドアが開いた。

「夏鈴が何か？」

　機転を利かせた三柴が答える。

「電話で話している最中に、倒れちゃったようなんです」

　なるほど、配信者をしていることは、家族にも内密にしているのか。

「ええ？」

　母親は慌てて、踵《きびす》を返した。

俺たちも母親に続いて、岩崎《いわさき》さんの部屋へと入った。

「夏鈴《かりん》？　大丈夫なの？」

母親が部屋に入ると、

「そんな……」

手で口を押さえ、青ざめる。

「お母さん、ちょっとどいて下さい」

そうして、俺は彼女の部屋の中に踏み入ったのだが。

「間に合わなかったか……」

部屋の中は酷《ひど》く荒れていた。何者かと争ったかのような形跡が見受けられた。

岩崎さんが抵抗する際に投げたであろう本や服が散乱している。

そして、部屋の中に倒れていた、岩崎さんは、魔法少女のコスプレをしていたのであった。

「夏鈴？　どうしたの？」

母親が心配そうに彼女に駆け寄る。

俺は辺りを見回すが、岩崎さんが言っていた、ぬいぐるみなんて物はどこにも居やしなかった。

代わりに見つけた物は、床に転がるスマホだ。

砂嵐に掻《か》き消された画面が、岩崎さんが呪いの餌食になったことを告げる。

そして、すぐに母親が救急車を呼び、彼女が病院に運ばれていく間も、俺の頭にはずっとサムネイルの少年の機械染みた声が貼り付いて離れなかったのであった。

※

岩崎さんの家を後にした俺たちは、学校に戻る。

「何でこんなことになっちゃったんだろうね」

三柴《みしば》が激しく落ち込んでいる。

「でも、これでお前も分かっただろ？　ＱＲコードを受け取った俺たちは、いつ彼女たちみたいになるかもしれないって」

三柴は不安げな目で俺を見つめる。

「ねえ？　呪いって何なの？　何であんなことになっちゃうの？」

「さあな。そんなもん、俺が聞きてえよ」

新たな呪いは、呪われた者の魂をどこかに連れて行ってしまうらしい。

被害者たちは意識がないだけで、その体はちゃんと生きているのだ。

それなら魂を器に返してやれば、みんなが目を覚ますってことなのだろうか。少なくとも俺は、そうであると信じたい。

「翔也《しょうや》とこれでお別れなんて、そんな残酷な話があってたまるかよ」

俺たちスプライツは、全員が受験に合格したら、卒業ライブを決行する予定なのだ。

ライブハウスを借りて、スプライツで掻《か》き鳴らすグルーブを堪能するつもりだ。

だから、その夢を叶《かな》えるために俺は、この厄介な呪いに立ち向かおうじゃねえか。

「なあ、三柴《みしば》？　いつからお前は、彼女のファンだったんだ？」

「俺っち、彼女のコスプレしているキャラが好きだったんだよ。それで検索していたら、岩崎《いわさき》さんの配信を見つけて。見始めたら、どんどん深みにハマっちゃって」

「ふーん。俺はそういうのに疎いんだが、具体的にどう応援してたんだ？」

「うーん、課金とか？」

「はあ？　お前、岩崎さんに貢いでいたのかよ？」

「うん……それで、お小遣いをつぎ込むうちに、チャットで話すようになって」

「そのチャットで、彼女の正体を知ったってことか？」

「ああ、うん。そうだね。彼女の話を聞いてると、何かうちのクラスの話みたいだなって、思う部分が重なって」

「世間は狭いもんなんだな」

「それに、岩崎さんが休みの日に限って、朝から生配信があったりしてたから。これはもしやって思って、チャットで問い詰めたら白状したってわけさ」

「そうか、じゃあ、岩崎さんは今日も配信をするために、学校を休んでいたのか」

「彼女は、嫌なことがあったら、魔法少女になるんだよ」

「えっ、何だそりゃ？　それで、ストレス発散してるってことか？」

「まあ、そういうことだね」

思い当たるのは、昨日クラスで、ハロウィンの衣装でからかわれたことだろうか。

でも、二人はクラスメイトなのに、配信者と課金者という歪《いびつ》な関係を続けていたのか。

その異常性に、俺はどうも得心が行かない。

「事情は分かった。でも、お互いに素性を知ってしまったんなら、もっと学校で親しくすればいいじゃないか？」

三柴は立ち止まる。

「そんな簡単じゃないんだよ。推しとファンの関係は」

「そんなもんなのか？」

「だから、学校ではなるべく話し掛けないようにしていたんだ。それが、彼女と俺っちの中の、暗黙の了解ってやつさ」

「それなら何でお前は、俺を通じて、岩崎さんに近づこうとしたんだよ？」

「ごめんよ。それは、ホントにただのヤキモチさ。小鳥遊《たかなし》君と岩崎さんが話をしているのを見て、俺っちは腹立たしかったんだ。課金もしてない奴《やつ》と、仲良くするんじゃねえよって」

あんな温厚な表情の裏で、三柴《みしば》はそんなことを思っていたのか。

「それで意地になって、引き返せなくなっていたのかよ」

「うん、そうだね……こんなことで、カッとなった自分が恥ずかしいよ」

だが、岩崎《いわさき》さんだって魔法少女への変身願望があるってことは、現状の自分に満足していなかったのだろう。

「まあ、お前の課金で、彼女が救われていたんなら、それも良かったのかもな」

「えっ？」

「彼女が配信を続ける理由の一端を、三柴が担っていたってことだよ。推してくれる人がいるってことで、彼女は満たされていたんじゃないか」

「うん、そうだといいな」

話し込んでいるうちに、昼休みになっていた。

「そうだ、三柴。ちょっと寄っていかないか？」

「どこに？」

「俺の協力者のところだよ」

「うん？　それって誰のこと？」

腑《ふ》に落ちていない三柴の服を引っ張って、俺は牧田詩織《まきたしおり》のいるクラスに向かった。

戸口から中を覗《のぞ》き込むと、ちょうど牧田が鞄《かばん》からビニール袋を取り出すところだった。

俺と目が合うと、袋を掴《つか》んだ牧田がこちらに向かってくる。

「そちらから出向いてくるなんて、珍しいこともあるのですね」

「悪いな。ぼっち飯を始めようって時に」

牧田が、キッとした目力で俺を威圧する。

「仕方ないでしょう。真琴《まこと》がいないのですもの……」

そうして、牧田は俺たちを先導する。

「おい、どこに行くんだよ？」

牧田が振り返る。

「ゆっくり話すなら、生徒会室が宜《よろ》しいでしょう？」

俺たちは生徒会室に案内され、端に設けられた応接スペースのソファに腰を沈める。

「先に言っておきますけど、お茶なんか出ませんので」

「別にいらねえよ」

そう言って、牧田はゴソゴソと袋を漁《あさ》ると、サンドウィッチとパックのジュースを取り出して、昼食を取り始める。

「お前、この状況でよく飯なんて食えるな」

「あら、ご存じないですか？　腹が減っては、戦は出来ぬという言葉もあるでしょう」

「ヤル気満々なんだな」

俺と牧田《まきた》の小競り合いを見て、三柴《みしば》が耳打ちしてくる。

「ちょっと、小鳥遊《たかなし》君？　協力者って副会長のことだったの？」

「ああ、そうだぞ」

「でも、何か全然、仲良さげな雰囲気じゃないよね？」

牧田は親指に付いた具を、ペロッと舌で舐《な》めると、

「それで、そちらの方はどなたですか？」

俺は三柴の肩を叩《たた》き、

「こいつはクラスメイトの三柴だ」

「ごめん、自己紹介が遅れて。俺っち、三柴太揮《たいき》って言うんだ」

三柴が立って、お辞儀をする。

「どうした、三柴。そんなに窮屈かよ」

「生徒会室なんて初めてなんだよ。何か場違いな気がして」

「能天気な奴《やつ》かと思ってたけど、お前って繊細なんだな」

「酷《ひど》くない？」

牧田が眼鏡を指で上げる。

「わたくしは、あなた方の漫才の練習にでも付き合わされているのでしょうか？」

三柴が慌てて、座り直す。

「ご、ごめん。実は今、小鳥遊君と、呪いについて話をしてるんだけど」

ピクリと、副会長の眉が反応した。

「なぜ、あなたが呪いのことをご存じなのでしょうか？」

俺が割って入る。

「昨日、こいつにQRコードが届いたんだ」

「何ですって？　なぜ、あなたはわたくしにそれを報告しなかったのですか？」

「お前に会いに行く時間が無かったんだよ。悪かった」

俺が素直に謝罪すると、

「本当でしょうか、わたくしに信用がないのではないのかと」

牧田は嘆息する。俺は話を続けた。

「それと、もう一人、招待された奴がいる」

三柴が顔を俯《うつむ》け、付け加える。

「俺っちたちのクラスメイトの岩崎《いわさき》夏鈴《かりん》っていう女の子なんだけど」

牧田が座ったまま机に手を突き、

「その子はどうなったのですか？　なぜ、ここに帯同していないのですか？」

黙り込む三柴《みしば》の代わりに、俺が答える。

「今朝、大森《おおもり》さんみたいに意識が無くなった。今は病院で寝てるだろう」

牧田《まきた》がドカッと背もたれに、体を叩《たた》きつける。

「これは弱りました。これだけ調査対象が増えると、わたくしたちの身が持ちません」

俺は牧田に質問する。

「お前たちも、とっくに気付いてるんだろ？　QRコードを受け取った者の共通点は、俺たちのクラスメイトだってことに」

「あなたはそこに、澪《れい》様をカウントしているのですか？」

「ああ、あいつだって、立派なクラスメイトだ。少なくとも俺は、そう思ってる」

「そうですか。あなたは澪様をまだ仲間だと認めてくれているのですね」

そう言って牧田は腕を組み、

「おそらくその考察は正しいと思いますよ。わたくしたちとて、今回の呪いもまた、あなた方のクラスの誰かが、トリガーになっていると睨《にら》んでおりますから」

「その原因になった奴《やつ》って言うのが、QRコードを受け取った中にいるってことかよ？　それって普通に考えれば、ホストだった大森さんが怪しくないか？」

「そうとも言えません。彼女は何者かに利用されただけだとも考えられます。現に大森さんは、呪いの全貌を把握していたわけでは無かったですから」

「確かにそうか」

大森さん、翔也《しょうや》、岩崎《いわさき》さん。QRコードを受け取った人間が、謎の昏睡《こんすい》状態になっているんだ。お前がトリガーかなんて、魂を抜かれた人間に問い詰めることもできない。

牧田が三柴に問い掛ける。

「あなたと、その岩崎さんという女の子はどんな関係で、なぜQRコードが届いたか心当たりはないのですか？」

「思い当たる節なんかないよ……」

「どんな小さなことでもいいのです。呪いを止めなければ、あなただって、いつ意識を奪われるかもしれないのですよ？」

「分かったよ」

三柴は観念した様子で、

「彼女は、そこそこ人気のある配信者だったんだよ」

「配信者ですか？」

俺は説明に入る。

「三柴は、岩崎さんを推してたファンってわけだ」

「なるほど。あなたはその女の子に熱を上げていたと。お二人の関係性は理解しました。では、あなたはQRコードが届いた時、何をしていたのですか？」

「彼女の配信を観《み》ていたよ」

「その配信で、岩崎《いわさき》さんはどんなお話をしていたのですか?」

「それはちょっと言えない」

三柴《みしば》は口ごもる。

「言えないようなことなのか?」

俺がキッと睨《にら》みつけると、三柴は渋々口を開いた。

「彼女は配信で、クラスメイトへの不満を漏らしていたんだ……」

俺は牧田《まきた》に向け、フォローする。

「昨日、ちょっとクラスメイトと岩崎さんでいざこざがあったんだよ。だから、その腹いせってことなんだろうな」

牧田は続ける。

「彼女は配信で、クラスメイトの陰口を叩《たた》いていたというわけですか。そんな配信を聞いて、あなたは楽しかったのですか?」

「そんな言い方をしないでよ。普段は、好きなアニメとか、砕けた話ばかりなんだ。たまに、そんな愚痴を吐いてしまう人間味のあるところだって、俺っちは好きだったんだよ」

「恋は盲目と言いますからね」

三柴は押し黙ってしまう。

「まあですが、やはりあなた方のクラスは、呪われるべくして呪われているのかもしれませんね」

「俺もそれには同意するよ」

　俺自身、クラスメイトたちの振る舞いに嫌気が差す時があるくらいだからな。

「あなた方のクラスには、幾つも呪われる火種が燻《くす》ぶっているということでしょうね」

「でも、これっぽっちの情報じゃ、原因には辿《たど》り着かないよな」

　牧田は思い出したかのように、眼鏡を指で上げる。

「そういえば、岩崎さんの意識が奪われたのは、いつなのですか？」

　三柴が答える。

「配信中だよ。急に映像が途切れて、彼女が悲痛な声を上げたんだ」

　俺が付け加える。

「俺も聞いてたんだけど、彼女の口から、ぬいぐるみって言葉が出たんだ。牧田、お前はどう思う？」

「ぬいぐるみですって？」

　牧田が血相を変える。

「その配信のアーカイブは残っていないのですか？」

「彼女は残してないね」

牧田《まきた》は三柴《みしば》に食って掛かる。

「彼女は、と言いましたね？　では、あなたは残しているのですか？」

三柴が、マズイという表情を浮かべた。

「あまり大っぴらには言えないやり方なんだけどね……」

「言い訳はしなくて結構です。あなたを責めているわけではありませんので。わたくしが聞きたいのは、動画を保存しているかどうか、それだけです」

牧田に執拗《しつよう》に絡まれた三柴は、とうとう観念する。

「保存してるよ……毎回ね」

三柴は渋々といった感じで、スマホを机に置いた。

動画を再生すると、魔法少女のコスプレをした岩崎《いわさき》さんが、軽快な口調でトークを始める。

「岩崎さん、クラスメイトの前と、キャラが全然違うんだな」

「そりゃそうさ。彼女は魔法少女になって、世界を更生させることが夢だったんだから」

牧田が嘆息する。

「志は立派ですが、世直しの方法が陰口と言うのは、話が矛盾していませんか？」

三柴は反論しなかった。心の中では、彼女のやり方に疑問を持っているのかもしれない。

しばらく動画を進めると、問題のシーンが始まった。おそらく岩崎さんはテーブルにスマホを立てて撮影しているのだが、突然彼女の悲鳴が聞こえて、画面がブラックアウトした。

音声だけという状況が、逆に恐怖感を増幅させる。俺たちは耳を傾け、静かに息を飲んだ。

すると、暗転していた映像に、不吉な砂嵐が掛かっていく。程なくしてチカチカと画面が点滅したかと思うや、ノイズ越しに岩崎さんの部屋の様子が薄《う》っすら映り込む。

「これは、もしや？」

魔法少女の足元に、奇妙な青い影が蠢《うごめ》いていた。

「ああ、牧田。お前なら、こいつに見覚えがあるだろ？」

観《み》たくもないのに、俺は何度もそのサムネイルを見せられたんだからな。

それ故に俺の目には、そのサムネの背景さえ鮮明に焼き付いていた。

「こいつは、『ロキ』の動画のサムネイルに飾ってあった物だよな？」

「ええ。あの男の子の背景にあった、ぬいぐるみですね」

岩崎さんを襲った犯人は、『ロキ』のサムネイルのぬいぐるみだったのだ。

※

クラスメイトが次々と呪いに倒れていく中でも、生徒会の介入により参加者を拡大させたハロウィンパーティーは、予定通り開催された。

勿論《もちろん》、文化祭の記憶を失ったみんなは、呪いの存在など知る由もなかった。

通常授業を経て一度帰宅した生徒たちは、それぞれの仮装を施して、夜の校舎に集まった。

広い体育館にはテーブルが並べられて、みんなが持ち寄った、お菓子に軽食、ジュースなんかが置かれていた。

各クラスが保管していた文化祭の飾り付けを流用し、急ピッチで準備されたにしては、館内の装飾はそれらしいものになっていた。

開会の挨拶もまだだと言うのに、フロアの生徒たちはスマホで音楽を掛けながら、踊り始めている。

ハロウィンということもあって、ホラーチックな衣装を身に纏《まと》い、みんな脅かし合って笑っている。

グラウンドでも仮装の集団が、はしゃいでいた。

引率の教師陣の中には、大森《おおもり》さんに脅されたオッサンもいた。大あくびをぶっこいている辺り、嫌々参加させられたって感じが前面に出ている。

俺はフロアの後方で、律人《りつと》と三柴《みしば》と共に、そんなイベントの動向を見守っていた。

律人はドラキュラの格好だ。三柴は宣言通り、狼男《おおかみおとこ》に扮《ふん》している。

俺はと言うと。

「余り物でいいとは言ったが、何でこれしか余ってねえんだよ……」

律人と三柴が、クスクスと笑っている。

「小鳥遊《たかなし》君、似合ってるよ」

律人も続く。

「最高だよ、六樹《むつき》」

俺は、あの岩崎《いわさき》さんにあてがわれるはずだった、ゴキブリの仮装衣装を着ていた。

「まあ、こんなの、誰も選ばないよな」

ふと、律人が言った。

「でも、それ翔也《しようや》が買ったみたいだよ」

「そうなのか？」

「六樹に着せてやる、とか言って買ってたらしいよ」

「ああ、あいつが在庫を訊《き》いてたのはこれか。何だよ、翔也の思い通りじゃねえか」

「じゃあ、卒業ライブの衣装は、それで決まりだね」

「お前、フザけんなよ？　じゃあ、律人も翔也も、これを着ろ。スプライツ改め、ゴキブリ三兄弟だ」

……。
Zuun...

「六樹《むつき》って、壊滅的なネーミングセンスだよね」

「うっせえ」

と、律人《りつと》と俺は、貶《けな》し合ってお腹《なか》をゆする。

だが、気は紛れなかった。翔也《しようや》という名前を口にすると、お互いどこか寂しそうな面差しになってしまう。

「翔也が元気なら、俺たちはあのステージに立っていたのかな？」

ピタリと律人が動きを止め、伏し目がちに言った。

「うーん、どうだろうね」

てっきりライブには乗り気だと思っていたのだが、律人は違ったのだろうか。

「じゃあ、もしオファーがあっても、律人は蹴ってたのかよ？」

「この前のライブハウスで、スプライツの活動は一区切りってことにしただろ？　だから、翔也があんなことになって無かったとしても、みんながどんな選択をしたかなんて、僕には分からないよ」

律人の横顔は翳《かげ》り、こちらが心配になるくらいだった。

「どうしたんだよ。悩みがあるなら聞くぞ？」

「えっ？　いや、ごめん。そんなつもりじゃなかったんだけど」

それ以降は会話が弾まず、俺たちはすっかり黙り込んでしまった。

そんな空気の中、三柴《みしば》が俺の触覚を引っ張ってくる。

「お前、何するんだよ？」

俺の体が傾いた。

「俺っちを、置いてきぼりにした罰だよ」

三柴が悪戯《いたずら》っぽい笑顔を向ける。

「そういえば、この後すぐクラスごとに肝試しが始まるんだよね？　俺っちたちのクラスって、順番が最後だけど、それまでどうする？」

俺はこの後、牧田《まきた》と打ち合わせる手筈《てはず》となっている。

「まあ、適当にやってるよ。お前たちは、みんなのところに行ってこいよ？　俺はしばらくここで、待機してるから」

呪いという事情を知る三柴は、ブンブンと首を振った。

「俺っちも、そんな気分じゃないから、後ろで見ておくよ」

律人《りつと》が気を利かせる。

「じゃあ、飲み物とか取ってこようか？」

「そうだな。男同士で味気ないけど、受験前の決起集会ってことにするか」

律人が缶ジュースを取ってきれくれたので、三人でタブを押し上げる。

プシュッと爽快な音を立て、それぞれ口をつける。

「岩崎《いわさき》さん、大丈夫かな？」

三柴は開け口から、缶の中を覗《のぞ》き込んでいる。その小さな缶の底にある何を見ているのか、俺には分からなかった。

そうして三人で他愛《たあい》もないやり取りをしていると、壇上が騒々しくなっていく。

生徒会の役員を引き連れて、牧田が登壇する。

「皆様、こんばんは。生徒会、副会長の牧田詩織《しおり》です。本日は皆様の節度ある行動をお願いすると共に、誰一人欠けることなく、無事にこのイベントを終了できることを祈っております」

その言葉の意味を、どれ程の生徒が理解しているだろうか。

「なに、あいつ？　何であんな大袈裟《おおげさ》なこと言ってるわけ？」

うちのクラスでも、嘲笑の声が起こっている。

無理もないか。既にこの学校に呪いの影が忍び寄っていることなど、自覚している奴《やつ》はいないんだから。

「クラスメイトが何人も倒れてるっていうのに、みんな他人事《ひとごと》なんだね」

三柴は、やるせなさそうにこぼした。

「人間なんて生き物は、自分が楽しければいいのかもな」

それが、真理なのかもしれない。

壇上では、牧田《まきた》の挨拶が終了し、ボサノバチックなＢＧＭが流れ始める。

「それでは、まず一年一組のみなさんから、肝試しに参加する人はご準備ください」

生徒会メンバーがマイクで、細かい手順を説明している。

しかし、俺たちのクラスは意図的に最後にされているよな。

まあ、牧田にも思惑があるんだろう。

と、副会長と目が合い、それとなく手招きされてしまった。来いってことなのかよ。

「悪い。俺、ちょっと生徒会に呼ばれたから抜けるな」

「うん。いってらっしゃい」

三柴《みしば》が手を振り、律人《りつと》が頷《うなず》く。

俺はテクテクと牧田のもとに歩み寄っていく。

「もう打ち合わせをするのかよ」

「そんな大層な話ではありませんが、お伝えしておきたいことが幾つかあります」

俺は体育館を後にする下級生たちを見つめながら、

「肝試しを余興に選んだのも、お前の発案かよ？」

副会長は、こくりと首肯する。

「万が一、呪いが騒ぎになった時に、肝試しという事なら誤魔化《ごまか》せるでしょう」

「ほう、気が利くじゃねえか」

「それに、クラスごとにしたのは、あなた方のクラスに原因があるのかを検証するためです」

「実験台ってことかよ。それで、他所《よそ》のクラスが襲われたらどうするんだよ」

「それについてはですね」

牧田は辺りをキョロキョロと見回して、声を潜める。

「今夜はわたくしたちの信者に協力を請い、集まってもらっております。あまり騒ぎにならないように、最小限の武器を携帯いただいているだけなので、みなさんをお護《まも》り出来るか分かりませんよ」

確かに、仮装した奴《やつ》の中には、こちらを見て頷く連中がチラホラ居る。

「ああ、それだけでも十分だ。感謝するよ」

「あなたのためではありません。澪《れい》様のためですから」

「そうかよ」

「ええ、そうです。では、ご武運を」

牧田はそう言い残し、そそくさと生徒会のメンバーのもとに戻っていった。

「まさか【青春傍観信仰《モノクローム》】に護衛される日が来るとはな」

呪いを拡散させようとしていた教団が、今度は呪いを殲滅《せんめつ》するために動いているなんて、皮肉な話じゃねえか。

「本当に改心したんだろうな、あいつは」

俺は心の中に、かつて教祖だった一人の少女を思い浮かべていた。

「さて、こっちも気合を入れないとな」

そうして、両手で頬《ほお》を叩《たた》いた時だった。

——パンッ。

校舎の方から、強烈な破裂音が轟《とどろ》き、フロアにいた生徒たちが耳を塞いだ。

「おい、何だよ。今の音は？」

慌てて、律人《りつと》と三柴《みしば》が走ってくる。その間にも破裂音は何度も鳴っていた。

「六樹《むつき》、今のは何さ？　生徒会の仕込みなの？」

三柴がオロオロとしながら、

「肝試しでクラッカーでも使っているのかな？」

いや、違うだろうよ。これは、クラッカーなんて、めでたい物ではない。

「下級生が徒競走でも始めたんじゃねえか？」

俺の予想が正しければ、このパーティーでは、とんでもない事が起こるかもしれない。

俺は牧田《まきた》の方を見やるが、あいつも動揺している様子だった。

「これは俺たちの番が来る前に、何かが始まってしまうんじゃねえか？」

律人と三柴には、このまま体育館に留《とど》まってもらって、信者に護衛させようか。

「お前たちは、ここにいろ。俺は生徒会に仕事を頼まれてるから、席を外すよ」

律人が、不思議そうに尋ねる。

「何か六樹、出ずっぱりなんだね？　すぐ戻らないの？」

「まあ、仕事が終わったら、戻ってくるって」

それは俺の願望なのかもしれない。ここに戻れるかは、行ってみなければ分からないんだ。

正直、俺だって恐怖で頭がおかしくなりそうだ。

だが、俺は投げ出すわけにはいかないんだ。あの不気味なサムネイルの野郎が、何を画策しているのか知らないが、俺は庄條《しようじよう》舞輪《まろん》の存在を、この世界に呼び戻さなければならない。そして、スプライツの卒業ライブで、一緒に歌ってもらうんだ。

彼女が残したロックアンセム――『ロキ』をだ。

「歌い継ぐって決めたんだよ。あの曲は、俺なんだからな」

俺は恐れを振り払うかのように首を振ると、脇目も振らず、校舎へと走り出した。

※

大森《おおもり》さんをけしかけ、このハロウィンパーティーを開催に導いた黒幕は誰なのか。

牧田や黒木《くろき》が嘘《うそ》をついている可能性だってゼロではないが。

「そこを疑い出したら、元も子もねえよな」

俺は物陰で制服に着替えてから、肝試しの演出で薄暗くされた校舎の廊下をうろつきながら、先に向かった下級生たちの安否を確かめている。

「やけに静かだよな」

肝試しの順路は決まっている。事前に各クラスに通達があったから間違いない。その通りに進んでいるはずなのに、誰とも遭遇しないというのは、いささか変な話だ。

ふと、俺は空き教室の中に、大きな布を発見したので、中に入って手に取ってみた。

「これって、お化け役が使う衣装だよな？」

目の部分に穴を開けた、幽霊を模した白いカーテンのような布だ。

だが、周囲を見渡しても、人の気配を感じない。

「お化け役の連中も見掛けないっておかしくないか？　みんな、何処《どこ》に行っちまったんだ？」

俺が衣装を戻そうとした時、布に紛れていた何かが、すとんと床に落ちるのが見えた。

「何だ、こりゃ？」

引っ掴《つか》んで顔の前に掲げてみる。

「うん？　ぬいぐるみか？」

その色味やフォルムには見覚えがあった。その間抜けな顔と目が合った気になって、俺の全身の毛が逆立った。

「まさか、呪いはもう始まっているのか？」

もう一度、目を凝らして見てみると、辺りに無数のぬいぐるみと布が転がっていた。

「どういうことだよ？」

俺は掴んでいた物を投げ捨てると、廊下に飛び出して、順路へと復帰する。

すると、俺の進む廊下には、ぬいぐるみや布が点々と放置されているのだ。

「これだけの量は、ただの偶然ってわけじゃないだろ」

それにこれは、生徒会が準備した小道具でも無いはずだ。こんなもんを床にばら撒《ま》いておいたところで、事情を知らない連中は怖くも何ともないからな。

「じゃあ、やっぱりこれは、ここで何かが起こったって証拠なのか？」

さっきの轟音《ごうおん》は、呪いが発動した合図だったたって言うのか？

そうして俺はＰＣルームの前で立ち止まる。

「何か聞こえるぞ？」

ここは授業で使用するデスクトップのＰＣが、何十台も並んでいる部屋だ。

その中の一台が、不穏なノイズを上げていることに気が付いた。

「これも、あの野郎の仕業なのかよ？」

画面に砂嵐が起こり、俺の胸に緊張感が走る。

まるで死刑台に立たされ、刑の執行を待っている気分だった。

「来るなら来やがれ……」

判然としなかったシルエットが、にわかに浮かんでくる。しかし、浮かび上がった映像には、『ロキ』のサムネイルの少年は映っていないようだった。

「何だってんだ。驚かせるんじゃねぇよ」

画面に映った人影は、何やら首に掛けている。それを見て、何故《なぜ》か俺は懐かしい気持ちになる。それに頭からピョコリと跳ねているのは、もしやツインテールなのか？

「お前は……」

まるで白い雪のように、きめ細かい肌をした美少女。踊りを舞うかのような、軽やかな振る舞い。

あのフェスの日に、光の粒子になったはずの彼女が、俺の前に現れたのだ。

『小鳥遊《たかなし》くん！　ボクだよ！』

ああ、自己紹介なんかしなくたって知ってるさ。

「白雪舞輪《しらゆきまろん》かよ!?」

俺が再会の感慨に耽《ふけ》っていると、

『残念だけど、ゆっくり話せる時間はないんだ。もうじき、ボクは幽閉される』

「はあ？　お前、今どこにいるんだ？」

『それが分からないんだ。でも、ボクが目覚めたら、「ロキ」のサムネイルの少年が目の前にいて』

だが、ザザザとノイズが激しくなり、徐々に白雪舞輪の声が聞き取りづらくなる。

「おい、聞こえねえよ？　何だって？」

『ぬ……ぐ……が……もうす……そち……に……むか……』

「おい、白雪？」

『た……す……け』

プツリと画面が消えてしまった。

「何があった、白雪舞輪！　おい、答えろ！」

暗転した画面からは、もう返事が来ることは無かった。

「あんまりだろ！　せっかく再会できたって言うのによ」

白雪舞輪とは、ゆっくり話したいことだって、たくさんあったんだ。俺が『ロキ』を歌い続けていることを、知らせてやりたかったのに。

「ちくしょう……」

そうして俺が握り拳で、壁を叩《たた》いた瞬間だ。

「ねえ？　小鳥遊君、今のって？」

背後から声がして、俺は振り向いた。

見れば、三柴《みしば》がブルブルと震えているではないか。

「思い出した……彼女が呪いを……あんなことがあったから」

「お前、文化祭の記憶が蘇《よみがえ》ったのか？」

「きっとそうだ……俺っちが呪いに招待された理由は」

彼の手からスマホが落ちる。

「三柴！　何でここにいるんだよ？　体育館はどうなった？」

「宇佐美《うさみ》君のスマホから、あいつらがやってきて」

「あいつら？　何だよ、あいつらって？」

すると、廊下には、ドドドと階段を上ってくる、騒々しい足音が響き渡る。

「あなた、悠長に構えている場合ではありませんよ？」

牧田《まきた》が信者を引き連れて、こちらに向かってくる。

「何だよ、三柴に、牧田に。何がどうなってるんだよ？」

牧田は、口を歪《ゆが》める。

「宇佐美君は、既に敵の手に落ちました」

「はあ？　律人《りつと》に何があったんだよ？」

「わたくしにもさっぱりなんですよ！　でも、宇佐美君は、パスコードを入手してしまったようです！　それから、三柴君もホラ！」

牧田の言葉に促され、俺が廊下に転がった三柴のスマホを見やると、そこにはあの文字が躍っていた。

──ロキロキロックンロール！

「ロキロキ、いい加減にしてくれよ……『ロキ』が何だって言うんだよ」

理屈が分からないのだ。パスコードって、何なんだよ？

それを突き止めない限り、この不可思議な現象を食い止めようがない。

だって、今の流れの中のどこで、三柴がパスコードを手に入れたって言うんだよ？

「ほら、聞こえてきませんか……？」

牧田の体が、異常な程に震えている。こいつは、何にそこまで怯《おび》えているんだ？

「聞こえるって、何がだよ？」

俺は耳を澄ませる。

「言われてみれば、階段の下から変な声が聞こえるな？」

真っ暗闇の廊下の先には、奇妙な光景が現れた。

仄《ほの》かに灯《とも》る青白い光の中に、幾つもの小さな影が蠢《うごめ》いているのだ。

「なんだよ、あれは？」

ふと、俺は背後に気配を感じる。

「誰だ!?」

そこにあった姿に、俺は驚愕《きょうがく》する。

「お前は……」

ターゲットマークの紙を顔に張り付け、ギターを構えるパーカーの少年。

サムネイルのあいつが、再び目の前に現れたのだった。

「お前は、俺に何の用があるんだよ？」

おもむろに少年はギターを構えると、パーカーのフードの中に手を入れてゴソゴソしている。

俺の言葉を聞き、血気盛んな信者たちが武器を構えたが、それを牧田《まきた》が手で制する。

「まさか、そこにサムネイルの男の子がいるんですか？」

「ああ。あいつは、今ここにいるぜ」

俺が頷《うなず》くと、信者たちは恐々《こわごわ》と後ずさっていった。

「それで、お前は何を取り出す気なんだ？」

少年の指には、三角形の物体が、お目見えする。

「ピックだと？」

少年は俺の前で初めてピックを持ち出したのだ。そこに描かれていたデザインは勿論《もちろん》、ターゲットマークだ。

少年は口角を上げると、ピックを弦に落とした。

「弾いてくれるのかよ？　上等だ。下手くそだったら、ダメ出ししてやるから覚悟しやがれ」

だが、アンプに繋《つな》がれていないはずのエレキギターは、歪《ゆが》んだ大音声を弾ませる。

「何ですか、このギターはどこから鳴っているのです!?」

少年を認識できない牧田たちは、耳を塞いで辺りを見回す。

軽快なリズムを刻みながらも少年は、不敵な笑顔を維持する。

「あれは何なんだよ……」

すると、廊下の端から、奇怪な連中が、こちらに向かってくる。

「くっ……ここまでですか」

牧田が憎々しげに、吐き捨てる。

廊下をゆく青白いシルエットは、まるでサーカス団みたいだと思った。しかし、よく見るとスケール感がおかしい。

遠近感の妙かと思っていたが、どうやら違ったようだ。

集団の中に人間と呼べる奴《やつ》は一人しかおらず、他の者たちはやけに小さかった。

バネのように飛び跳ねているビックリ箱や、グルングルンと体を振って倒れないマトリヨーシカ。そして、愛嬌《あいきょう》のある顔をした動物のぬいぐるみ。

そんな奇妙な一団がテクテクと歩いて、こちらに向かってくるのだ。

「ちくしょう、悪趣味にも程があるぜ」

そして、そいつらを率いているのは、この学校の制服を着た女生徒だ。頭にはパンプキンの被《かぶ》り物をしている。

そいつがマントを翻すと、同時にスカートの裾がひらりと揺れた。

ぬいぐるみたちはサムネの少年のギターに合わせ、口々に言葉を発しているようだった。

俺はそいつらのモゴモゴと動く口元に目を凝らす。

「違う……喋《しゃべ》ってるんじゃねえ。ぬいぐるみが歌ってるのか!?」

俺は理解してしまった。少年の爪弾くギターに乗せ、ぬいぐるみたちが歌うその曲は

――


「――『ロキ』じゃねえか……」

廊下に響く歌は、俺が庄條《しょうじょう》さんと歌い続けるはずだった、あのロックアンセムなのだ。

不気味な一団が、もはや呪いの曲と化した『ロキ』を合唱して、向かってくる。

その光景たるや、まるで百鬼夜行かのようだ。

このハロウィンパーティーは、悪意によるリアルへの侵攻なのかもしれない。

「牧田《まきた》！　これはどうなってるんだ？」

「分かりません。ですが、わたくしたちも覚悟を決めなければならないかもしれませんね」

そして、床に転がる三柴《みしば》のスマホに異変が生じる。

「おい、三柴？　お前のスマホ……」

さっきから大人しいと思ったら、三柴はガクガクと震えて、焦点が合っていないようだった。きっと恐怖で、意識が飛んでいるんだろう。

「三柴！　逃げろって！」

スマホのディスプレイからは、次々とぬいぐるみが湧いてくるのだ。

あっという間に、三柴の足元をぬいぐるみが占拠し、やがて彼の体に登っていく。

「ちくしょう！」

俺が駆け寄ろうとするが、間に合わなかった。俺が手を伸ばそうとした時には、もう彼の全身にぬいぐるみがまとわりついていて、三柴は両膝から地面にくずおれていった。

「お前も、魂を奪われちまったのかよ？」

またクラスメイトが犠牲になってしまった。

「お前は何人の魂を奪えば、気が済むんだ！　まどろっこしいことをしてないで、目的を話しやがれ！」

だが、いつの間にかギターの音はやみ、少年の姿は忽然《こつぜん》と消え去っていた。

「何でいつも俺は、護《まも》ってやれねえんだよ……」

親友やクラスメイトを奪われ、絶望を味わっている俺に、災厄の元凶たちが追い打ちを掛けてくる。

「おいおい、嘘《うそ》だろ?」

パンプキンの被《かぶ》り物をした奴《やつ》が手に握る物を見て、俺は唾を飲み込んだ。

「さっきの銃声は、本物だったたってことかよ?」

文化祭の時だって、『ロキ』の呪いに掛かった信者は、そんな物騒な物を持ち歩いてはいなかった。

それなのに、パンプキンの被り物をした女子が、俺に向けようとしているのは……。

「どっから銃なんて持ってきたんだよ?」

無情にもトリガーが引かれると、放たれた弾丸は高速で俺の制服を掠《かす》めていった。

「ぎゃあ!」

背後で悲鳴が上がり、俺は身を捩《よじ》る。

「はあ?」

運悪く信者の一人に当たったようだ。銃で撃たれたそいつは床に伏して、のた打ち回っている。しかし、もぞもぞと転がっているうちに、どんどんサイズが縮んでいくのだ。

「そんな……こんなことって」

牧田《まきた》が両手で口を押さえ、戦慄している。

撃たれた信者は、クマのぬいぐるみに変身してしまったのであった。

「あいつに撃たれたら、ぬいぐるみにされちまうってことなのかよ？」

パンプキンは再び、銃を構える。

「うわぁ！」

情けなくも俺は近くにあった小道具のベニヤ板を掴《つか》んで投げつける。

容赦なく引かれる引き金。木材を突き破る破裂音。それでも僅かな時間稼ぎにはなった。

「くらえ！」

俺は敵を足払いする。すると、パンプキンは派手に転倒した。

「よし。おい、牧田これからどうする？」

俺が安心して、踵《きびす》を返した時に、俺はこちらに近づく不穏な影を捉えた。

「危ねえ！」

俺の絶叫に、信者たちがゆっくりと振り返った。

「あなた方、離れなさい！」

しかし、牧田の指示も空《むな》しく、引き金は引かれた。

「ああ！」

牧田が弾丸に撃ち抜かれる。そして、信者たちに向け、連続で放たれる凶弾。

折り重なるように倒れた信者たちにより、廊下にはぬいぐるみの山が出来上がっていた。

襲撃者は、背後にも、もう一人いたのだ。

「またパンプキン頭かよ……」

そいつが俺に向けて銃を構えた。

「お前は……」

マントをしていても、そいつの首から下の格好には見覚えがあった。この学校で年中ジャージを穿《は》いて過ごしている奴《やつ》なんて一人しかいないじゃないか。

「翔也《しょうや》なのか？」

襲撃者の足元に隠れていたぬいぐるみが、まるで俺を嘲るように、ひょっこりと顔を出す。

そのにやけた顔は、やけに鼻についた。

「お前が翔也なら、後ろのあいつは誰なんだよ？」

気付けば俺の背後では、女子の方の襲撃者が起き上がっていた。

前後から銃を突きつけられて、俺は万事休すだ。

俺は耳を極限に研ぎ澄ませる。

「律人《りつと》のベース、翔也のドラム。あいつらのビートを耳で聞き分けていた俺には、これくらい簡単なことだよ！」

引き金に指が掛かった瞬間に、俺は屈《かが》み込んでやった。

すると、襲撃者はトリガーを引き、間抜けにもお互いを撃ち合うことになった。

そして、両者のパンプキンの被《かぶ》り物に銃弾が命中し、パカリと割れる。

素顔が露《あら》わになった彼を見て、俺は呟《つぶや》く。

「やっぱり翔也だったのかよ」

じゃあ、もう一人は誰なんだ？　俺は、恐る恐るそいつの正体を探る。

「——大森奏絵《おおもりかなえ》？」

俺は彼女の言葉を思い返していた。

「この世界をブッ壊すって言ってたのは、こんなやり方だったのかよ？」

だが、その時、廊下に叫び声が響き渡る。

「逃げなさい！」

声の上がった方を見やると、翔也に抱き着く誰かの姿があった。

「お前、こんなところで何をしているんだ？」

「お忘れのようですね。私もれっきとした信者ですの」

現れたのは、制服を着た黒木真琴《くろきまこと》だった。すると、どこからともなくアラーム音が鳴る。

「ふふふ。バッドタイミングですわね」

黒木は俺にスマホを掲げる。

「お前にもＱＲコードが届いただと？　じゃあ、クラスメイトって説は、また振り出しか？」

「いいから、避《よ》けなさい！」

黒木《くろき》が自身のスマホを放り投げる。それは大森《おおもり》さんの構えた銃にヒットし、手から弾《はじ》かれた銃が床に転がった。すかさず俺は銃を拾う。

「私は響君《ひびき》の傍《そば》にいます。だから、あなたは生き延びて、呪いを解く方法を探すのです」

「そんなこと言ったって、お前たちの信者だって、もう壊滅状態じゃねえか？　俺たちに援軍なんて、もう居ないんだぞ？」

「それでも、何とかするのが、あなたでしょう！　私たちを退けた時のように、がむしゃらにおやりなさい！」

黒木と話しているうちに、ぬいぐるみたちが、俺の足にまとわりついてきていた。

「ああ。分かったよ。翔也《しょうや》はお前に任せる。絶対に、護《まも》れよ？」

黒木は首を縦に振る。

俺は足を振り回して、ぬいぐるみどもを夢中で振り払う。

校内では、あちこちで甲高く物騒な銃声が鳴る。

「死にたかねえのは、お互い様だよな！　黒木真琴《まこと》、生きて会おうぜ！」

俺は大森さんに銃口を向ける。トリガーを引くと、大森さんの胸に銃弾が向かっていく。

「は？　効かないって言うのかよ？」

呪われた者は、銃弾を受けても無傷のようだ。

「おいおい。倒せないんじゃ、勝負にならないだろ」

今宵《こよい》、俺たちは呪いの生贄《いけにえ》となる運命なのだ。

「誰が何のために、こんな呪いを生み出したんだよ！　教えてくれよ！」

悪意は止めどなく拡散されていく。この学校を超えて、きっとあのフェス会場のように、呪いが世界を悪意に染めていくのだろう。

「あなたが未来を変えなさい！　いや、変えてください！」

黒木の絶叫を背に浴びて、俺は走り出す。

「うわぁ！」

そして、大森さんを素通りした俺は、ただただ目の前の道を走っていく。

どうやって呪いを断ち切るかなんて分からないままだ。

勝手に世界の命運は、俺の双肩に懸けられたんだ。全くもって迷惑千万な話だ。

「でも、指を咥《くわ》えて見てるだけなんて、性分でもねえんだよ！」

俺は翔也と律人《りつと》の魂を取り返して、俺たちの演奏で、『ロキ』を呪いの曲から解放してやるんだ！

「だから、律人の顔を見に行くんだ」

あいつが本当に呪われてしまったのか。この目で確認しなければ納得できるわけがない。

そうして俺は、体育館に向かう。だが、ゴール目前の渡り廊下で力尽きた俺の足は盛大にもつれ、あと僅かというところで倒れ込み、大の字になってしまう。

「はあはあ……もう一歩も動けねえぞ」

律人《りつと》のいる場所は、目と鼻の先だと言うのに、俺は自力で起き上がることさえ出来ない。

「ちくしょう、日頃の運動不足が祟《たた》ったな」

体育館の中からは、『ロキ』の合唱が聞こえてきた。

きっとフロアは、ぬいぐるみに占拠されているのだろう。

だが、そんなおどろおどろしい歌声を掻《か》き消すように、こちらに近づく靴音があった。

「お前は誰だよ?」

ぬっと現れた影が、倒れ込んだ俺を覗《のぞ》き込む。

それは目と口をくり抜かれた怪しげなカボチャだった。俺が首を捩《ね》じると、廊下にそいつの影が伸びており、スカートを穿《は》いているのが視認できた。

襲撃者は、呪われた者のうちの誰かだ。その中で、女の子と言えば。

「次は、岩崎《いわさき》さんか? 俺をぬいぐるみにしたいなら好きにしろ」

俺は銃を手離して、降伏する。

「早く、撃てよ」

くそっ、ここまでかよ。俺はこいつに撃たれて、ぬいぐるみにされるのか。

だが、そいつは、俺の捨てた銃を拾い上げ、じっと俺を見据える。

「どうしたんだよ？　やらないのかよ？」

尚《なお》も敵は、沈黙を貫く。

「いっそ、一思いにやってくれよ！」

そう俺が、声を荒らげた時だった。

「――クックックッ」

懐かしい笑い声がした。その事実に、なぜだか泣きそうになる俺がいた。

すると、俺に手が差し伸べられる。その左手には、螺旋状《らせんじよう》に包帯が巻かれていた。

胸の中に、グッと込み上げる物があった。それが涙に変わらないように、俺はぶっきら棒に言葉を捻《ひね》り出す。

「ったく、今までどこに行ってたんだよ？」

そんな言葉がすんなり口から出ていくってことは、俺はこいつに会いたかったってことなんだろうか？

「久しいな、眷属《けんぞく》よ」

どんな返事をすればいいんだろうか。俺はなかなか彼女の手を取れずにいた。

呪いを拡散させたことを許してはいても、ずっと嘘《うそ》をつかれていたことは許せなかった。

だから、いくら頭を使っても、考えはまとまらない。

でも、包帯を巻いているってことは、こいつは庄條澪《しょうじょうれい》だけど、庄條澪じゃないのだろう。

だったら、きっと俺は、言い慣れたその名前を言えばいい。

「庄條さん……」

そうして俺は、ようやく彼女の手を握ったのだ。

※

庄條澪との再会を懐かしんでいる暇は無かった。

体育館に戻ると、想像通りの光景が広がっていた。

「あのぬいぐるみどもは、何なんだよ?」

「クックックッ、今は考えている暇はなさそうだぞ?」

ぬいぐるみの群れの中に、一人で佇《たたず》む俺の親友がいた。

「これは律人《りつと》がやったって言うのか? ここにいたみんなを、ぬいぐるみにしたのか?」

グラウンドで遊んでいた者たちも、次々とぬいぐるみにされ、この学校の敷地内には、綿の詰まった人形が凄《すさ》まじい勢いで増殖している。

「律人? 目を覚ませよ!」

俺の声掛けなど、無駄な足掻《あが》きであることは百も承知だ。でも、人相さえ変わってしまった親友を見たら、そうせずにはいられなかった。

「おい、律人！」

しかし、親友は天井に銃撃を放った。その衝撃で、彼のポケットから、ヒラリと何かが落ちて行った。

「クックックッ、眷属《けんぞく》よ。あれは我が拾ってこよう」

「庄條さん？」

庄條さんは華麗な身のこなしで、飛び込んでくるぬいぐるみを避《よ》ける。

「庄條さん、危ない！」

彼女を標的に据え、律人が銃を構えた。

しかし、庄條さんは手近なぬいぐるみを一体、さらりと手で掴《つか》むと、宙に放り投げた。

「クックックッ、心配には及ばん」

律人の銃弾が、ぬいぐるみを掠《かす》めていった。

「宇佐美《うさみ》くん、拝借するぞ？」

律人の足元に落ちた物を拾い上げ、庄條さんが颯爽《さっそう》と引き返す。

「クックックッ、ただいま」

「庄條さん、いつの間にそんな運動神経が良くなったんだよ？」

「クックックッ、アドレナリンが出ているせいかな？」

俺は庄條《しょうじょう》さんから、律人《りつと》の落とし物を受け取った。

「何だよ、これ？」

それは折り畳まれた紙だった。広げてみると、どうやら地方の医大のチラシのようだ。

「何で、あいつがこんなものを？」

「さあ。だが、それがパスコードだったのかもしれないぞ？」

「えっ？」

そう言うと、振り向きざまに庄條さんが銃を撃った。

銃弾は律人の銃口に当たり、弾《はじ》かれた銃がフロアを滑る。

「庄條さん、凄《すご》すぎるだろ。一体どうなってるんだよ」

「クックックッ、この世界で最も呪われているのは、我なのだよ」

「はあ？　どういう意味だ？」

「我は悪意の白雪舞輪《しらゆきまろん》と長く干渉しすぎたせいで、呪いに近い存在になっているみたいだ」

「呪いの影響で、身体能力が上がったって言うのか？」

「クックックッ。そのうち我は、醜い化け物にでもなってしまうかもしれないな」

「それは俺がさせねえよ」

庄條さんは、黙ってしまう。

「なあ？　いい加減、その被《かぶ》り物を取ったらどうだ？」

「クックックッ、我はこれを気に入っているのだ」

「まあ、中二病が好きそうなアイテムではあるよな」

軽口を言っている場合ではない。

「しかし、どうやって、みんなを救えばいいんだ？　俺たちに勝ち目はあるのか？」

「クックックッ、どう足掻《あが》いても、我らに待ち受けているのは敗北だ」

「そんな。じゃあ、黙ってこのまま、みんながぬいぐるみにされちまうのを、見届けろって言うのかよ」

「落ち着け、眷属《けんぞく》よ。あくまでも、このリアルでという話だ」

「どういう意味だよ」

「君は、ぬいぐるみに操られている彼らの魂は、どこにあると思う？」

「この世界のどこかにあるんじゃないのか？」

「クックックッ。おそらくは、この世界には無いだろう」

「はあ？　じゃあ、異次元にでもあるって言うのかよ？」

なぜか庄條さんが、俺の手を握ってくる。

「な!?　いきなり、何をするんだよ？」

「クックックッ、眷属よ。共に行こうではないか」

「行くって、どこにだよ？」

庄條《しょうじょう》さんは、

「さあ、眷属《けんぞく》よ。パスコードを用意しろ」

「いや、それが分からないから、こんなことになってんだろ？」

「皆は不可抗力で、パスコードを入力してしまったようだがな」

「えっ？　どういうことだ？」

「大森《おおもり》さんは？　響《ひびき》くんは？　宇佐美《うさみ》くんは？　岩崎《いわさき》さんは？　いつ、ぬいぐるみに襲われた？」

「それが、鍵ってわけか？　でも、何で庄條さんにそれが分かるんだよ」

「クックックッ、我には分かるのだよ。奴《やつ》の語っている言葉が」

「奴って？」

俺は気配を察知した。すると、壇上にサムネイルの少年が立っていた。

「クックックッ、君にも彼が見えているのだろう？」

「まさか、庄條さん？　サムネイルのあいつと、会話ができるのか？」

「クックックッ、そうだと言ったら？」

「それも呪いのせいってわけかよ……」

このままでは、庄條さんが人ならざる物にされていってしまいそうで、俺は怖くなった。

「ただ我は奴と、会話をしているわけではないのだ。うまく説明は出来ないが、彼のイメージが我の頭の中で具現化する。そんな感じのコミュニケーションだな」

「それって、テレパスって奴じゃないのか？」

「うむ。きっとそれだ」

庄條さんは自嘲する。

「聞きたくないことまで、聞こえてくるんだから厄介だろうな」

庄條さんが、銃を握った手で、カボチャの被《かぶ》り物を突き上げる。

「あれ？　取っちまうのか？　気に入ってたんじゃなかったのか？」

そうして脱ぎ捨てられたカボチャは、床でグシャリとへしゃげ、まるで泣いているように見えた。

「何だか、君の顔がじっくり見たくなったからだよ」

笑い掛ける彼女の顔に、俺の心臓が大きく鳴る。

汗で首にへばりついた後ろ髪を手で払い、首を振って整える。

やっぱり近くで見る彼女は美しい。あれ？　何で俺は、こんなにドキドキしてるんだ？

「クックックッ、眷属よ。君には秘密があるかな？」

「はあ？　秘密って何だよ？」

「いいから、答えるのだ」

秘密なんて、他人に話さないから秘密なのだ。

俺の中に秘めた想《おも》い。それは、言葉にならない感情だ。

「あるよ……」

「そうか、安心したよ。きっと、それがパスコードだ」

「えっ？　もっと分かり易《やす》く説明してくれよ」

目の前にはサムネイルの少年が笑っている。


「──トリック・オア・トリート」

そう彼が呟《つぶや》いた瞬間に、

「さあ、眷属《けんぞく》よ。君の秘密を心に思い浮かべるのだ」

「えっと、俺の秘密だな」

俺は深呼吸をする。

「──俺は」

「──我は」

二人で手を取り合い、お互いに心の中で、秘密を打ち明ける。

──ロキロキロックンロール！

俺たちを呪いに導くパスコードは、本当に「秘密」だったようだ。

各々のスマホから、ぬいぐるみがぞろぞろと、湧き出てきた。

俺たちの体は、みるみるうちに、そのおかしな連中に埋もれていく。

「クックックッ、眷属よ」

「なんだよ、庄條《しょうじょう》さん？」

俺たちの顔には、容赦なくそいつらが登ってくる。

「クックックッ、あちらの世界でまた会おう」

「おい、あちらの世界って」

俺が言い切る前に彼女の顔が、ぬいぐるみたちで覆い隠されていく。そして、僅かに人形の隙間から見えた庄條さんの唇が、儚《はかな》げに揺れた。

「えっ？　庄條さん？　何て言ったんだよ？」

思考が掻《か》き消されていく。遠ざかっていく意識の中で、サムネイルの少年の放つ機械音が空《むな》しく響いた。

「――ロキロキロックンロール！」

俺は自分の魂がどこに向かうのか、まだ知らなかった。

第三章 WELCOME TO THE CURSED WORLD!

今までに感じたことのない奇妙な感覚が俺の四肢を駆け巡る。

痛覚とは別物なのだが。四方から無理矢理《むりやり》に体を引っ張られているようだ。

ぼんやりした意識の中で、薄《う》っすらと目を開けば、自分の手が小さいことに気が付いた。

「なんだ？」

青白い毛だらけの自分の腕を不思議がっていると、どんどんと自分の体にある違和感が膨らんでいく。

すると、自分の手が段々と視界から離れていく。いや、待てよ。

離れていくのではない。これは、きっと元の大きさに戻って行っているのだ。

「そうか、俺はぬいぐるみに」

ようやく目をパチリと開き、自分の体を見ると人間らしさを取り戻していた。

どうやら俺は寝そべっているらしかった。でも、後頭部が何かに乗っている気がする。

何だか柔らかくて、気持ち良い感触なのだが。

「クックックッ、眷属《けんぞく》よ。目覚めたのなら、どいてもらえるかな？」

「えっ？　庄條《しょうじょう》さん？」

俺は驚いて体を起こすと、庄條さんが地べたに横座りをしていた。

「ひょっとして、俺は……その」

「うむ。我の膝枕で、すやすや眠っておったわ。クックックッ」

「ごめん！」

俺は反射的に土下座をする。

しかし、改めて自分のいる場所を見回すと、見たことのない景色だった。

「ここは、どこなんだよ？」

「クックックッ、眷属よ。この部屋に、どこか見覚えが無いか？」

ここは、木造の建屋のようだった。俺のいる薄暗い部屋のフローリングは、少し尻を動かすだけでギシギシと軋《きし》む。

壁には何段かの棚が用意されており、そこにはぬいぐるみやビックリ箱。そして、スニーカーなんかが飾られていた。

ふと、首を倒すと、床に置いてある年代物のブラウン管テレビに目が行った。画面には、砂嵐が掛かっており、数字の六が浮かんでいる。

「これってまさか？」

「ああ、そのまさかだよ」

おいおい、そんなこと有り得ないだろ。

「俺たち、『ロキ』のサムネイルの中に来ちまったのか?」

庄條《しょうじょう》さんがゆっくりと頷《うなず》いた。

そして、庄條さんは立ち上がると、ブラウン管テレビの前で屈《かが》む。

「おそらく我らの魂は、こやつから、この世界にワープして来たのだろう」

「そのテレビを通じてだって? そうか。スマホの砂嵐は、こいつと繋《つな》がっていたのか」

「このテレビが、リアルとサムネイルの世界を往来するための境界線というところかな。クックックッ」

「でも、この大きさじゃ、通り抜けるのは無理じゃないか?」

「いや、君は先程まで、愛らしいぬいぐるみだったのだぞ?」

「そうか。ぬいぐるみにされたから、この画面を擦り抜けられたんだな。じゃあ、さっきの妙な感覚の正体は、ぬいぐるみから人の形に戻る時のものか?」

「ぬいぐるみを抱いていたら、突然、眷属《けんぞく》に変身したから驚いたよ。クックックッ」

「それで、あんな体勢に?」

膝枕されていたことを思い出すと、俺は気恥ずかしさで庄條さんの顔を見られなかった。

気を取り直した俺は、棚に並んだ人形たちを一通り見回した。

「なるほど。俺たちを襲ってきた奴《やつ》らに違いないな」

俺はその中から、一体のぬいぐるみを手に取る。

サスペンダー姿の間抜けなウサギだ。そいつの耳を掴《つか》んで顔を近づける。

「てめえ、よくもこんなところに連れてきてくれたな」

語り掛けてみるが、返事は無かった。

「くそっ」

俺はぬいぐるみを棚に戻そうとした。

【お前こそ、よくこの世界に顔を出せたな！　すっとこどっこい！】

が、驚くことに、ぬいぐるみは、俺に罵声を浴びせてきた。

「うわぁ!?」

俺がビックリしてぬいぐるみを放り投げると、そいつは床に尻餅をつき、

【いてぇな！　いきなり手を放す奴があるかよ！】

両手を天に掲げて、俺への苦情を喚《わめ》く。

「この世界じゃ、ぬいぐるみが喋《しゃべ》るのかよ？」

庄條さんは愉快そうに、お腹《なか》を抱えている。

「クックックッ。これは傑作だな。歌うぬいぐるみの次は、喋るぬいぐるみか」

「いや、庄條さん。これのどこが面白いんだよ？」

【お前ら、さっきからイチャイチャしやがって。呪うぞ？】

「イチャイチャなんかしてねえよ！」

BAAA

俺が反論すると、ぬいぐるみは尻を手で叩《はた》く。

【こちとら綿の身なんだから、もっと労《いた》われってんだ】

俺の足元で、偉そうに胸を反らす。

【ほんじゃあ、気を取り直して】

そいつは、右肘を曲げると手を胸の前に置き、右足を後ろに引き、まるで礼節を重んじる貴族の挨拶のようなポーズを作った。

【――WELCOME TO THE CURSED WORLD！】

どうやら俺たちは、こいつに歓迎されているようだ。

「クックックッ。呪いの世界へようこそ、か」

庄條《しょうじょう》さんの声に被《かぶ》せるように、ウサギが唾を飛ばす。

【おう、どこかで見たことがあると思ったら、オイラたちを作った姉ちゃんじゃねえか】

「お前たちを作った？」

俺は庄條さんをチラリと見やる。

【そうだよ。この姉ちゃんが、リアル世界の空席を埋めたことで、この呪いの世界は形作られていったんだ。そういう意味では、姉ちゃんって言うより、オイラたちの母ちゃんだな！】

「クックックッ。我は、こんな間抜けな息子に覚えはないぞ」

だが、庄條《しょうじょう》さんが呪いを完成させたのは事実だ。負い目を感じていなければいいが。

「でも、この呪いは、その時とは、別の物なんだろ？」

文化祭の時には、サムネイルの中に入ることになるなんて思いもしなかったからな。

【ああ、そうだぜ】

「じゃあ、今回の呪いを作ったのは、誰なんだよ？」

ウサギのぬいぐるみは、カッカッと大声で笑った。

【そんなもん、秘密だよ】

そいつが言い放つと、周囲にズンッと重い空気が流れる。

「なんだよ、お前……何をした？」

こんな見てくれをしているくせに、何か不思議な力を隠し持っているのだろうか？

【オイラは何もしてねえさ。お前がビビッて、腰でも抜かしたんだろ？】

「はあ？　馬鹿にしやがって」

庄條さんが両手を膝に置き、床に視線を落とす。

「ところで、君の名前は？」

【おっと、失敬。自己紹介が遅れたな。オイラの名前は……無いぜ】

有り得ない返答に、俺はガックリと肩を落とした。

「名前が無いって、お前な？　無理矢理《むりやり》にでも作っておけよ」

【そうかい。じゃあ、強いてオイラに名前をつけるなら――】

ウサギは俺を睨《にら》みつけ、ピョコピョコと自慢の耳を左右に振る。

【――悪意だよ】

その名前に、俺は戦慄する。

「お前……まさか本当に」

こんな成りをしているのに、悪意の化身だって言うのか？

【カッカッ！　お前、何てツラしてんだよ！　そんな小心者は、この世界じゃ、やっていけねえぜ】

ぬいぐるみは俺を小馬鹿にするように、ちょこまかと動く。

【さて。挨拶は、このくらいにしておいてやらあ】

ウサギは俺たちに背を向けて、歩き始める。

「おい、どこに行くんだよ？」

【お前ら、ボサッとしてないで、とっとといてこいや】

ウサギは手で宙を扇《あお》ぐ。

「だから、どこに連れて行く気だよ？」

ピタリと、ぬいぐるみが足を止める。

【どこってそりゃ……】

毛だらけの耳がピコピコ揺れる。

【先にこっちの世界に来た、お前らの仲間のところだよ】

「なに？　翔也《しょうや》と律人《りつと》に会えるのか？」

【ああ、会えるぜ】

ウサギはニヤリと笑う。

「何だよ、その顔は？」

【ただし、仲良く帰れるかは、お前ら次第だけどな。カッカッ！】

「どういう意味だよ……？」

庄條《しょうじょう》さんが、

「我らは、タダでは帰れないということか？」

【おうおう、そうだそうだ！　耳の穴かっぽじって、よく聞けよ】

ウサギは耳をピンッと立てる。

【お前らには、今からゲームをプレイしてもらうんだ】

「ゲーム？」

【ああ、そうだ。そのゲームをクリアすることが、お前らを元の世界に帰す条件だな】

「そりゃ穏やかな話じゃねえな。どんなゲームかも分からないのに、参加できるかよ」

【なんだそりゃ、根性がねえ奴《やつ》だな。でも、いいのかよ。お前、大事なことを忘れてねえ

か？】

「大事なことだと？」

【リアルじゃ、魂を奪われたお前らが、未《いま》だにドンパチやってんだぜ？　カッカッ！】

ウサギに言われて、ハッとする。

「そうだよ……俺は、ハロウィンパーティーで、大森《おおもり》さんや翔也に襲われて」

親友に銃口を向けられた恐怖が蘇《よみがえ》り、微《かす》かに手が震え始める。

【早く帰らねえと、全校生徒がまるっと、ぬいぐるみだな！　カッカッ！】

なかなか気に障るぬいぐるみだが、言っていることは正しいぜ。

「俺は呪いを解くために、この世界に飛び込んだんだったな」

「クックックッ、眷属《けんぞく》よ。マシな顔つきになったではないか」

俺は左手に右拳を打ち付ける。

「ああ、早いとこ、そのゲームって奴をクリアして、リアルに帰ろうぜ」

【カッカッ！　粋がるのはいいけどよ、あっさり呪われねえようにな】

甲高い笑い声が耳にキンキンくる。いちいちウルサイ野郎だ。

「分かったから、さっさと案内しろ」

俺が促すと、ウサギは意気揚々と、大股を広げて歩き出した。

それにしても自分が今、動画のサムネイルの世界に居るなんて、信じられない話だ。

ウサギの後ろを歩きながら、俺は壁に手を突き、室内の感触を確かめる。

木の弾力が指に伝わって、今の自分が魂だということを忘れてしまいそうになる。

しばらく進んでみて思ったが、あの『ロキ』のサムネイルのイメージでは、狭く区切られた室内なのかと思っていた。

しかし、実際のこの世界は、館と呼ぶべき広さだった。

壁に据え付けられた蝋燭《ろうそく》の灯が、ゆらりと揺れる。その林立する炎を頼りに、俺たちは歩を進める。

古い木造の館内は、歩けばギイギイとたわみ、床が悲鳴でも上げているのかと錯覚しそうだ。魂の自分に、重さなんかあるのだろうか？

不思議に思ってみたものの、そもそもこんな非常識な世界にワープして来ているのだから、どんな仕掛けなのかと考えるだけ、時間の無駄かもしれない。

【着いたぜ】

そうこうするうちに、ウサギが大扉の前で、こちらを向き直る。

扉にはご丁寧に、ぬいぐるみが届く高さにも取っ手が付けられていた。

「ここに、みんながいるのか？」

【疑《うたぐ》り深い奴《やつ》だな。自分の目で確かめてみろや】

ウサギが取っ手を引くと、廊下に差した光の筋が広がる。

「「六樹《むつき》！」」

部屋の中から、懐かしい声がした。

「翔也《しょうや》！　律人《りつと》！」

俺は駆け寄ってくるバンドメンバーと、再会を果たして抱き合った。

翔也は後ずさり、俺から間合いを取ると、

「しかし、何なんだよ、ここは。薄ら寒いよな」

翔也が腕を組んで、震えてみせる。

「翔也は、ここに来て長いのかよ？」

翔也と俺では、倒れた時間に十日以上のラグがあるはずだ。

翔也は俺より何日も前に、パスコードを手に入れてしまったんだから。

「いや、そんなことはないぜ。オレが目覚めたのも、ついさっきだ」

「なに？　そうなのか？」

どういうことだ？　じゃあ、翔也の体が昏睡《こんすい》状態にあった時はまだ、こちらの世界で意識が覚醒していなかったのだろうか。

背後から庄條《しょうじょう》さんが主張する。

「おそらくは、眷属《けんぞく》がぬいぐるみだったように、リアルで本体が暴れ出すことで、こちらの世界の自分が、ぬいぐるみから人の形を取り戻すということなのではないか？」

「そういえば、『ロキ』のサムネイルの棚に、ぬいぐるみが増えていってたけど、あれはみんなの魂だったってことか?」

それなら、サムネイルにぬいぐるみが増え続けたことの辻褄《つじつま》が合った。

「だとすれば、眷属《けんぞく》よ。こうしている間にも、リアル世界の我らは、誰かを襲っているかもしれんぞ。早くゲームを始めようではないか」

うん? 翔也《しょうや》が黙り込んだかと思ったら、大口を開けて固まっていた。

「ひょっとして、庄條《しょうじょう》さんなのか?」

律人《りつと》も同様のリアクションだ。

「やあ、久しぶりだね」

俺と庄條さんは顔を見合わせる。

「たぶん、お前たちの言っている庄條さんは、庄條舞輪《まろん》のことだろ?」

二人は、キョトンとしている。

「その庄條さんは残念な結果になってしまっただろ? オレの言っている庄條さんは、姉ちゃんの方の庄條澪《れい》だぜ?」

俺は喜びの余り、翔也に飛びついた。

「翔也、庄條澪のことを思い出したのか!?」

「落ち着け、六樹《むつき》! 唾が掛かるって!」

俺は翔也に手で引き剥《は》がされる。

「そうか、お前たちも、こいつのことを思い出してくれたんだな」

「そりゃあな……文化祭であんなことがあったらな」

すかさず律人が、翔也の前に出る。

「まあ、その件は、もう時効でしょう」

二人は、庄條さんに気を遣ってくれているようだ。

「我のせいで、酷《ひど》い目に遭ったというのに、許してくれるのか？」

翔也がにやける。

「そりゃ、六樹にこんな嬉《うれ》しそうな顔をされたら、怒るに怒れねえだろ」

「お前なあ。庄條さんと俺は、そんな関係じゃないからな？」

律人が俺の肩を叩《たた》く。

「まあ、のろけはそれくらいにしておこうよ」

「だから違うって！」

一通りバンドメンバーにイジられた俺は、ようやく部屋の中に意識が向く。

「みんな、ちゃんと揃《そろ》ってるんだな」

俺は庄條さんと共に、その大広間へと立ち入る。

「なるほど、ここはロッジみたいな感じなのか」

向かって左側にある暖炉に薪《まき》がくべられており、火が燃え盛っていた。

そこでは、三柴《みしば》が暖を取っている。

「小鳥遊《たかなし》君！　良かったよ、また会えて」

右側にはソファが置かれており、そこに岩崎《いわさき》さんと大森《おおもり》さんが座っている。

「ああ、だるー。早く帰って、シャワー浴びたいんですけど」

大森さんは両肘をソファの背もたれに置き、だらしない格好を取っていた。

対照的に岩崎さんはピンと背筋を伸ばし、申し訳なさそうに会釈する。

部屋の中央には食卓なのか長テーブルが鎮座しており、その横には等間隔に椅子が並べられている。

そして、真正面のカーテンで閉ざされた大きな窓の辺りで、壁にもたれかかっている女の子がいた。

「黒木真琴《くろきまこと》……お前もこっちに来ていたのか」

「あら。私が居るのは、場違いだとでも言いたいのでしょうか」

相変わらずの憎まれ口を叩《たた》く。

「お久しぶりです。澪様《れい》」

黒木は庄條《しょうじょう》さんを見つけると、腰を曲げる。

「クックックッ。真琴もＱＲコードを入手できたようだな」

俺が翔也《しょうや》に奇襲を受けた時、奇《く》しくもこいつのスマホに、あの招待コードが届いた。

ということは、こいつにも何か秘密があったっていうのか。

そう。ここに集められた八名は、お互いに秘密を抱える、メンバーのようだ。

しばらくすると、俺の脇をチョコチョコとぬいぐるみが素通りして、驚異的な脚力で食卓の上に飛び乗ってみせた。

【おうおう、役者は揃《そろ》ったな！　それじゃあ、ゲームの説明を始めるぜ！】

ウサギの言葉に、全員が静かに耳を傾ける。

【お前らに挑戦してもらうゲームは、全部で三つだ！】

「はあ？　三つもあるのかよ？」

俺が不満を漏らすと、

【リアルに帰りたくないんなら、逃げてもいいぜ？】

ウサギが薄ら笑う。

「ちっ。言ってろ」

ぬいぐるみは、ペタペタと足の裏を鳴らして、食卓の上で周回する。

みんなが固唾を飲む顔を、一人ずつ眺めて行きながら、ウサギはよりによって俺の前で動きを止めた。

「てめえ、ルーレットでもやってんのかよ？」

ウサギは答えず、代わりにピンと指を立て、

【――一つ目のゲームは、「お化けは誰だ？」だぜ！】

と、口角を上げた。

現場には、寒々しい空気が流れる。誰もタイトルを聞いて、どんなゲームか理解できなかったからだ。

俺は庄條《しょうじょう》さんの方を見るが、彼女もしっくり来ない様子だった。

「説明になってないぞ？　それは、どんなゲームなんだよ？」

俺が野次《やじ》を飛ばすと、

【まあ、聞けよ】

と、ウサギが耳をピンと伸ばした。

【お前らの中には、イレギュラーが混じっている】

「イレギュラー？　何だよ、それは？」

【まあ、平たく言えば、偽者ってことだ】

「この中に、偽者がいるって言うのかよ？」

俺は全員の顔を見回す。

「見た目じゃ分からねえぞ？」

どいつも俺の知っている、みんなだった。

【カッカッ！　そりゃ顔でバレてたら、ゲームにならねえだろ！】

ウサギは腹を太鼓のように手で叩《たた》き、大笑いする。

【お前らが見事、そのお化けを突き止められたら勝ちってわけだ】

細かいルールはさておき、この八名の中に潜む偽者の魂を探すゲームのようだ。

この中に、一人だけ偽者がいる。そう言われると、全員が怪しく見えてきやがる。

そう思っている限りは、このムカツクぬいぐるみの思うつぼってわけか。

すると、気怠《けだる》そうにソファに腰を掛けていた大森《おおもり》さんが立ち上がって、

「はいはい。ゲームなんて馬鹿馬鹿しいって。私はパスしまーす」

と、部屋を出て行こうとする。

「おい、待てよ。この状況での別行動は、却《かえ》って危険だろ？」

俺が忠告すると、大森さんは拝むように両手を合わせて、

「小鳥遊《たかなし》くーん、見逃して？」

甘ったるい声で懇願する。こんな状況で、魂だけになっても、色仕掛けだとか。この女、どれだけ性根が腐っているんだよ。

「クックックッ。ゲームから離脱するということは、自分がお化けであると、自供する気か？」

庄條さんが、彼女の行動に苦言を呈した。

「はあ？　私は、お化けなんかじゃないわよ」

大森《おおもり》さんが、庄條《しょうじょう》さんを睨《にら》みつける。

「なんだ。我らにボロを出したくないから、尻尾を巻いて逃げ出すのかと思ったぞ」

「はあ？　あんた、ムカつくわね」

そのひりついた口論を傍観していたウサギが、カッカッと高笑いをした。

【おうおう、盛り上がってきたじゃねえか！　そうさ！　誰がお化けかなんて、誰も分からねえんだ！　だからこれは、全員参加の化かし合いってわけさ！】

律人《りつと》が、挙手する。

「ちょっといいかな？」

「律人、どうした？」

俺は、律人の発言を促す。

「大森さんがお化けだったら、逆に正体が割れるのを恐れて、別行動は避けるんじゃないかな？」

「まあ、確かに」

しかし、庄條さんは、そう思っていないらしかった。

「クックックッ」

大森さんが、不快そうに腕を組んだ。

「何を笑ってんのよ？」

「それすらも、陽動作戦だったとしたら？」

黒木《くろき》が口を挟む。

「なるほど。さすが澪《れい》様ですね。彼女は自分が目立つように、わざと小芝居を打ったということですか」

俺は納得する。

「俺たちに、ミスリードじゃないかと、深読みさせるためか」

好き勝手に言われ、大森さんがワナワナと震える。

「あのね！　そんなことを言うなら、さっきから全然喋《しゃべ》らないあいつだって怪しいじゃない！」

大森さんが岩崎《いわさき》さんを指差した。

「えっ？　私ですか？」

岩崎さんは、自分への衆目に怯《おび》えて、震え始める。

「違います。私はお化けなんかじゃありません」

岩崎さんは疑いの眼差《まなざ》しに耐えかねて、瞳から涙をこぼした。

「あんた、泣くとか卑怯《ひきょう》なんですけど」

大森さんが狼狽《うろた》えている間に、三柴《みしば》が岩崎さんの傍《そば》に駆け寄る。

「無意味な喧嘩《けんか》はやめなよ。岩崎《いわさき》さんがお化けだって証拠もないだろ？」

三柴《みしば》に咎《とが》められて、大森《おおもり》さんが口を尖《とが》らせる。

「なによ、私は悪くないし」

不機嫌に鼻を鳴らし、ソファに向かうと、ばつが悪そうに座り直した。

いかん。俺も含め、この場に居る全員が疑心暗鬼になってきているぞ。

「これじゃあ、いっそ多数決で決めるしかないんじゃないのか？」

俺は、ボソリと呟《つぶや》いた。

「そうか。多数決か」

律人《りつと》が、何か閃《ひらめ》いた顔をした。

すると、黒木《くろき》が合いの手を入れる。

「宇佐美《うさみ》君、何か思いついたのですか？」

「おそらくこのゲームの構造は、人狼《じんろう》ゲームだよ」

翔也《しようや》がポンと手を叩《たた》く。

「なるほどな。あの村人と人狼に分かれて、議論するゲームか」

人狼ゲーム。それは、人狼陣営と、村人陣営に分かれて、議論をするゲーム。それぞれのプレイヤーには役職が割り当てられ、その権限を活用して、相手の手の内を覗《のぞ》いてみたりする遊びだ。

議論を重ねることで、人狼と思う奴《やつ》を多数決で処刑したり、自分の役職を偽ってゲームを攪乱《かくらん》させるという心理戦である。

「うん。でも、この場合は、人狼じゃなくて、襲ってくるのはお化けってことなんだろうけど」

と、ウサギが右足を軸にして、クルクルとバレリーナのように回転する。

【カッカッ！　人狼ゲームか！　面白そうじゃねえか！　じゃあ、オイラがゲームマスターになって、お前らに役職を与えてやるよ！】

「そんなすぐに用意できるのかよ」

クルクルと回るウサギの周囲に竜巻が起こり、その中からカードがばら撒《ま》かれる。

「おい、雑に配ってんじゃねえぞ！」

【心配すんな！　ちゃんと考えて、配布してあるって】

竜巻が天井に吹き飛んで消滅すると、食卓にはウサギのぬいぐるみだけが残った。

【さあ、そのカードに、お前らの役職を記入してあるぜ】

ウサギが指をパチンと鳴らすと、

「何だ、これ？」

俺たちの首にヘッドフォンが現れた。

【議論以外の時は、それで耳を塞いでな】

「用意周到なんだな」

試しに耳に当ててみる。

「お前、これは……」

曲を聴いた三柴《みしば》が、渋い顔をする。

「ねえ？ この音楽、怖くない？」

聴こえてきた曲は、ハロウィンパーティーで、ぬいぐるみたちが合唱していた『ロキ』だった。

「趣味の悪いものを聴かせてくれるじゃねえか」

俺は嫌味《いやみ》を言う。

【カッカッ！ そりゃお前、『ロキ』の世界に来て、『ロキ』を聴かなくてどうするんだよ！】

とかく憎たらしいウサギだが、それに関しては至極真っ当な意見である。

【ほんじゃまあ、お前ら、こっちに集まって椅子に座れや！】

俺たちは、ウサギの立つテーブルの方に集められた。

各々は、バラバラと椅子に腰を掛ける。

「座ったぞ？ どうすればいいんだよ？」

【各自、役職を確認しろや】

俺たちはカードを裏返して、そこに書かれた役職を確認する。

「なるほどな」

俺に与えられたのは、村人だ。これは、特に何が出来るわけでもなく、議論を通じてお化けを炙《あぶ》り出す立場だ。誰を処刑するかの投票権を持っているだけ。

俺は、みんなの顔色を窺《うかが》うが、特に変わった様子は見受けられない。

このゲームは夜のターン、昼のターン、夕方のターンの区切りがある。

夜は、お化けが村人を一人襲う。役職によっては、それを阻止したりも出来る。

昼は、みんなで誰がお化けかを議論する。ここで村人陣営は、誰が騙《かた》っているかを見抜き、お化け陣営は、上手な嘘《うそ》で相手をミスリードしなくてはならない。

そして、夕方のターンでは多数決で決まった奴《やつ》が、一人処刑される。

その三つのターンを繰り返すゲームだ。

お化け陣営が、村人陣営と同数になった時点で、村人の負けというルールなのである。

【よーし、それじゃあ、役職者には、オイラが肩を叩《たた》いて指示を出すぜ。まずは夜のターンだ。耳を塞いで伏せやがれ】

言われた通りに俺たちはヘッドフォンを耳に当て、机に突っ伏した。

俺はウサギと役職者のやり取りが終わるまで、しばらく『ロキ』を鑑賞する。

音楽がやむと、ウサギの声が耳を通る。

【さあ、最初の夜は終わりだ。顔を上げやがれ！】

みんなが一斉に顔を上げた。

【それじゃあ、昼のターンを始めようじゃねえか。さあ、お化けが誰かを議論して、とっとと見つけろや！】

部屋の中には、まるで文化祭の日に、最後の一人のアカウントが誰なのかを言い争った時のような、ギスギスした空気が流れている。

誰も警戒して動かない。じゃあ、俺が仕掛けるか。

「残念ながら俺は、ただの村人だ」

大真面目に自己申告したのだが、みんなの視線が痛い。

あれ？　この反応は、ちゃんと信じてもらえているのか不安になるな。

次に確認しておきたいのは、役職者が誰かってところだな。

「じゃあ、役職のある奴《やつ》はいるかよ？」

恐る恐る大森《おおもり》さんが挙手する。

「私は占い師だったわ」

と、同時に顔の前で小さく手を挙げている者がいた。

「岩崎《いわさき》さんも役職者なのか？」

「はい。私も、占い師です」

大森さんが、岩崎さんを威嚇する。

「はあ？　そんなわけないでしょ」

岩崎さんが、「ひい」と、たじろいだ。

「おい、やめろよ。これは、脅して役職を変えさせるゲームじゃないだろ」

翔也《しょうや》が大森さんを制する。

「だって……」

不満を露《あら》わにしながら、大森さんがそっぽを向く。

律人《りつと》が分析する。

「おそらくこの人数では、役職は被《かぶ》らないと思うんだ。普通に考えたら、どちらかが騙《かた》っているよね？」

散々、大森さんの自己中心的な行動を目の当たりにしてきた俺からすれば、彼女が怪しいと言いたくなるのが本音である。

だが、大森さんが怪しいから岩崎さんが白だというのも浅はかだろう。

「お前たちのどちらかが、お化け陣営かもしれないな」

律人が加勢する。

「お化け本人か、裏切り者かってことだね」

裏切り者とは、お化け陣営に協力する役職だ。

お化け陣営を勝たせるために嘘《うそ》でみんなを撹乱する。

だが、お化けは裏切り者が誰なのか知らないはずだから、ここで変な態度は取らないだろう。

じゃあ、二人のうちのどちらかが、お化け陣営に有利になるよう誘導しているのか。

「すまん。感情論で言えば、俺は大森《おおもり》さんが怪しいと思ってしまう」

「ちょっと、イメージだけで犯人扱いとか、酷《ひど》くない？」

しかし、大森さんはみんなの視線に気づき、

「ふーん。私が悪者だと、そう言いたいわけだ」

知らず知らずのうちにみんなが心に抱えた悪意が、この空間を支配する。

俺とて、その悪意に飲み込まれそうになっていた。

だが、その鬱屈とした空気の中で、庄條《しょうじょう》さんが冷静に議論を再開させる。

「クックックッ。では、二人に誰を占ったか。結果を聞かせてもらおうではないか」

大森さんが先に報告する。

「私はあんたよ。結果は白。人間よ」

「ほう。なぜ、我を占ったのだ？」

「なぜって、文化祭のことを思い出したからよ。みんなを騙《だま》していたペテン師なんだから、真っ先に怪しいと思うじゃない。でも、違ったみたいね」

みんなの記憶に、文化祭の悪夢が蘇《よみがえ》っているんだとしたら、庄條さんがお化けだと疑われても仕方がないか。

律人《りつと》が言う。

「でも、大森さんが裏切り者だったとしたら、庄條さんの疑惑は晴れないよね？」

「クックックッ。我が疑われるのは、自業自得だからな」

これが本心なのか、それとも演技なのか。それを見抜く方法なんかない。

俺は庄條さんの横顔が、本当に庄條澪《れい》のものなのか測りかねていた。

それから律人の疑念の矛先は、岩崎《いわさき》さんにも向く。

「じゃあ、岩崎さんは誰を占ったのかな？」

「私は、小鳥遊《たかなし》くんを占いました。結果は白です」

「えっ？　俺？」

何で俺が岩崎さんに疑われているんだろうか。

「私は庄條さんと仲良くしている小鳥遊くんが、怪しいかなと思って……」

「クックックッ。すっかり我は嫌われ者だな」

黒木《くろき》が怒り心頭といった様子で、机を叩《たた》いた。

「澪様は、この呪いを止めようとしているのですよ。足を引っ張らないで下さい」

しかし、翔也《しようや》と目が合うと、黒木は頬《ほお》を赤らめて大人しくなる。

まだ翔也《しょうや》に気があるのは、間違いなさそうだな。

だが、翔也は黒木《くろき》を、鋭い目つきで見つめていた。

二人の間に何があったかは、今も分からないままだ。

「さてと。俺の疑いだって、完璧には晴れなかったわけだが」

すると、三柴《みしば》が挙手する。

「俺っちは、そういう黒木さんが怪しいと思うな」

だが、お化け扱いされても、黒木は動じない。

「理由を聞かせていただきましょう？」

「だってさ。一人だけクラスメイトじゃないから」

その疑問は、俺も感じていたところだ。

牧田《まきた》と俺が導き出した、この呪いを受ける条件は、クラスメイトであること。

だが、パーティーの途中で、黒木にＱＲコードが届いたことで、その前提は覆ってしまったんだ。

「そのことについては、俺も議題に挙がるとは思ってた。でも、俺はリアル世界で、黒木にＱＲコードが届くところを、この目で見たんだ。だから、こいつが異分子だというのは早とちりじゃないか？」

「なるほど。まあ、ＱＲコードを送った人選について、結論は出ていないんだもんね」

納得した三柴は、すんなり引き下がって行った。

黒木がフッと笑う。

「あら。あなたが私を庇《かば》うなんて、珍しいこともありますね」

「擁護したわけじゃねえよ。お前を突き出せるだけの、明確な証拠がないだけだ」

翔也が切り込む。

「じゃあ、他にも役職を持っている奴《やつ》はいるのかよ？　ちなみにオレは持ってないぜ」

翔也は、暗に自分が村人であることをアピールしたいようだ。

「僕は霊媒師だよ」

律人《りつと》が自己申告する。

霊媒師とは、村人陣営の役職だ。襲撃された奴が、お化けだったか村人だったかを知ることができるポストである。

「それで、俺っちが狩人《かりゆうど》さ」

三柴も後に続く。

狩人とは、毎晩誰か一人の護衛をできる役職だ。襲撃者の指定先が、そいつだった場合、護衛した相手は死なないってルールだ。

しかし、本当にこの二人は、その役職なのだろうか。

誰がどんな嘘《うそ》をつくのか分からないのだ。いくら仲間だと思っていても、信用し過ぎれば出し抜かれることも考えられる。

慎重に議論を進めないといけない。

「まあ、初日で全てを明るみに出すのは、難しいだろうな」

【カッカッ！　議論はそこまでだぜ！】

戦況を見守っていたウサギが、両手を掲げる。

【それじゃあ、夕方のターンに移ろうじゃねえか。誰を処刑するか決めやがれ】

みんなが考え込む。俺は苦渋の決断をする。

「気を悪くしないでくれよ。現状で黒だって分かってるのは、役職被《かぶ》りのどちらかがお化け陣営だってことだろうな」

大森《おおもり》さんと岩崎《いわさき》さんが嘆息する。

「でも、本物の占い師を処刑してしまったら、村人陣営が不利になる可能性もあるんだよね」

律人《りつと》が懊悩《おうのう》する。

「悩ましいところだな」

こういう状況だからこそ、みんなに判断を仰ぐしかないんだよな。

「じゃあ、誰を処刑するか、多数決を取ろう。みんなの意見に委ねるよ」

律人が音頭を取るようだ。

「岩崎さんが怪しいと思う人は挙手を」

なるほど。順当な結果だな。

「大森さんだけみたいだね」

大森さんが「はあ？」と、落胆している。

「じゃあ、大森さんが怪しいと思う人は挙手を」

すると、俺を含め、律人、翔也《しょうや》、黒木《くろき》、三柴《みしば》、岩崎さんが、大森さんに投票した。

当の大森さんは、肩をすくめている。

「はいはい。みんな、私に八つ当たりしたいだけなんでしょ。もう煮るなり焼くなり好きにすれば？　でも、あんたたち後悔しても知らないから」

あっさりと、処刑を受け入れた。

庄條《しょうじょう》さんだけが挙手していないな。

「庄條さんは誰に投票したかったんだ？」

「我は、三柴くんだ。クックックッ」

三柴は、虚を衝《つ》かれた顔をする。

「何で、俺っち？　その笑い方をされると、本当に処刑されそうで怖いんだけど……」

誰を処刑するか決まったところで、ウサギが割り込んでくる。

【よっしゃ！　じゃあ、夜のターンだな。全員伏せやがれ！　役職者はどう行動を起こす

か、準備しろよ！】

俺は再び、机に突っ伏した。

興味を向けるべきは、お化けが誰を襲撃するのかってことだな。

定石通りであれば、役職のある奴《やつ》を狙うと思うのだが。

【オッケーだぜ！　じゃあ、二日目の昼のスタートだ！】

俺は起きて、顔を上げる。

まず目についたのは、大森《おおもり》さんの席に置かれた、ぬいぐるみだ。

「おい、何で大森さんが、ぬいぐるみになってるんだよ？」

【そりゃ処刑されたんだから、仕方ねえだろ！】

「フザけるな！　これはゲームじゃなかったのかよ？　ちゃんと大森さんは、元に戻るんだろうな？」

ウサギは、カッカッと笑った。

【心配すんなや。このゲームが終わったら、元の魂に戻してやるぜ。ただし、お化けが勝ったら、全員ぬいぐるみのまま！　リアルとは、おさらばってわけさ！】

メンバーに緊張が走った。

とりわけ三柴《みしば》が怯《おび》えた様子で、ガタガタと奥歯を鳴らしている。

「俺っちたち……ここでぬいぐるみにされて、死んでしまうってこと？」

【勝ちゃいいだけの話さ。カッカッ！】

「そんなこと、やる前に言えよ！　卑怯《ひきょう》だぞ！」

俺はウサギに怒鳴る。

【負けても逃げても、どうせぬいぐるみだぜ？　でも、参加すりゃ勝ちの目はあるんだ。贅沢《ぜいたく》な話じゃねえか】

「簡単に言ってくれるぜ……」

ゲームの中盤で知らされた、その残酷すぎる真実。

勝ち以外に意味は無い。俺たちがリアルに帰るためには、三つのゲームに勝利するしかないのだろう。それはきっと険しい道のりだ。

【ちなみにお化け陣営には伝えてあるが、お化けを勝たせた協力者は、無条件でリアルに帰してやるよ！】

「お前、フザけるな。わざわざ焚《た》き付けてるんじゃねえよ」

自分だけは生き延びることができる。この状況でそれは、最高のニンジンだ。そんな物を目の前にぶら下げられたら、馬じゃなくても走り出すだろうよ。

そうなると役職被《かぶ》りを申告した二人が、俄然《がぜん》怪しくなってくる。

しかし、大森さんは処刑されているので、岩崎《いわさき》さんが白かを確かめる必要が出てきた。

【更にもう一つ、サービスだ！】

「サービスって、何だよ？」

【お化けを勝たせた奴《やつ》は、パスコードの開示を免除してやるのさ】

「パスコードって言ったら……」

俺は庄條《しょうじょう》さんと目が合った。

【そうだぜ！　負けたら全員に、お前らの秘密が流出しちまうかもしれねえな！　カッカッ！】

俺は各々の顔を見る。真っ青になる者、動じない者、慌てる者。それぞれ違ったリアクションを見せた。

秘密なんて、他人に知られたくないからこそ秘密にしているのだ。

それを暴かれてしまうと分かった時に、人はどうなるだろうか。

蹴落とし合い、騙《かた》り合うのではないだろうか。

「だから人狼《じんろう》ゲームは、俺たちにピッタリの遊戯だったってわけか……」

すると、俺は見慣れた顔が、その中から消えていることに気付いた。

「あれ？　ちょっと待ってくれ。翔也《しょうや》はどうした？」

【ああ、そいつなら襲われたぜ】

翔也の席には、ぬいぐるみが置かれていた。

「おい……襲撃された奴も、ぬいぐるみにされちまうのか？」

とんでもないことになって来やがった。

そして、霊媒師である律人《りつと》が、処刑された大森《おおもり》さんの陣営を告げる。

「大森さんは、村人陣営だったよ」

みんなに動揺が走る。

「おいおい。ってことは？」

必然的に、岩崎《いわさき》さんが騙っていたってことになる？

岩崎さんは顔を俯《うつむ》けて、黙秘を続ける。

「同時に、大森さんの占い結果から、庄條さんが村人だってことが証明されたってことだね」

だが、律人の言葉を聞き、顔を上げた岩崎さんが、恨めしい目で俺たちを見る。

「果たして、そうでしょうか？」

「いや、でも、そう判定が出たんだよ」

「本当に、宇佐美《うさみ》くんは、霊媒師なんですか？」

岩崎さんの反論が始まったようだ。

「往生際が悪いよ？」

冷静だった律人に、焦りの色が浮かぶ。

「実は、宇佐美くんがお化けなんじゃないですか？」

「いや、それなら霊媒師が二人名乗り出ていないとおかしくない？」

「それは、先に宇佐美《うさみ》くんが名乗り出たことで、言い出せなくなったってことじゃないんですか？」

岩崎《いわさき》さんが、一気に捲《まく》し立てる。俺も思考が追い付かなくなってきた。

腑《ふ》に落ちる気もするが、よくよく考えたら、暴論な気もする。

しかし、どちらの主張が正しいか瞬時に判断しろと言われたら、言葉に詰まってしまう。

「この中に、本当の霊媒師が残っていて、あえて名乗り出ないことで宇佐美くんを泳がせている可能性は？」

岩崎さんの強靭《きょうじん》な目力には、黒を白に変えるだけの、妙な説得力があった。

「そんなの、馬鹿馬鹿しい話だよ。ねえ、六樹《むつき》？」

俺は不意を衝《つ》かれた。

「えっ？　ああ」

「六樹？　まさか、僕を疑ってるの？」

現場に、不穏な空気が漂い始め、不信感がみんなに伝播《でんぱ》していく。

誰もが、隣の奴《やつ》が騙《かた》っているのではないかと、疑いを向けている。

元より俺たちは、こんな浮世離れした世界に強制転送されてきているのだ。平静で居ろと言う方が無茶《むちゃ》だ。

リアルに帰りたい。秘密をバラされたくない。そういった余計な感情が邪魔をして、どうにも思考を鈍らせる。

だが、俺には、ふっと素朴な疑問が湧き出てきた。

「翔也《しょうや》がお化けに襲撃されたのは、どうしてなんだろうな？」

黒木《くろき》が大袈裟《おおげさ》に両手を広げる。

「何かおかしなことがありますか？」

「まあ、翔也は村人だって、自己申告したけどさ。嘘《うそ》かもしれないわけだろ？　単純に自己申告を信じたって言うんなら、俺を先にやっても良かったと思うんだよな」

「何が言いたいんですの？」

「翔也を先に襲わなければならない理由があったとか？」

黒木は、首を傾《かし》げる。

「それは、あなたが騙っている可能性を考えたからではないですか？」

「じゃあ、何で翔也の意見は、信じるんだ？」

水掛け論になってきた。

「ちなみに三柴《みしば》、お前は狩人《かりゅうど》だったよな？　誰を護衛したんだ？」

俺は何となく答えが分かっていた。

「それは……」

言いたがらないということは、やはりそうなのだろう。

「岩崎《いわさき》さんか?」

三柴《みしば》はチラリと、岩崎さんの方を見やった。

「うん……」

好きな子を護《まも》りたいという、男の心理が出たんだな。

「そうか。分かった」

三柴は彼女の言い分を信じていたのだろう。だから、役職を持つ岩崎さんが、襲撃されると踏んでいた。

でも、実際に襲われたのは、翔也《しょうや》だった。それは、どうしてだ?

【カッカッ! 熱くなってきやがったが、議論はそこまでだぜ!】

ウサギがみんなを制する。すかさず俺が多数決を募る。

「じゃあ、誰を処刑するか決めようぜ」

俺は岩崎さんを見据える。

「岩崎さんが怪しいと思う奴《やつ》は挙手してくれ」

彼女には、俺、律人《りつと》、庄條《しょうじょう》さんの三名が投票する。

「まあ、そうなるか」

ここまでのみんなの出方を見れば、予想通りの結果だろう。

俺は三柴の顔を見る。血が滲《にじ》む程、唇を噛《か》み締めていた。推しである岩崎さんに投票することが憚《はばか》られたということなんだろうな。三柴は心底、葛藤していた。

「じゃあ、律人が怪しいと思った奴は挙手を」

こちらは、黒木《くろき》、岩崎さん、三柴だ。

「同票だな」

三柴は岩崎さんを処刑させたくないから、岩崎さんに合わせて律人に投票するとは思っていた。

律人はこの結果を見て、降伏したかのように笑う。

「これは、もう何度やっても同じ結果になるだろうね」

「同票が続く場合は、二人とも処刑ってことになるな」

「うん。だから、もうやり直しは無しでいいね。でも、六樹《むつき》が信じてくれて良かったよ」

「ああ、絶対勝とうぜ」

だが、解せないのは、黒木の方だな。

「黒木は、何で律人に投票したんだよ？」

「私が本当の霊媒師だからです」

みんなが絶句した。

「フザけるな。じゃあ、何で最初に言い出さなかった？」

「岩崎《いわさき》さんが言っていたことが全てです。宇佐美《うさみ》君を泳がせるためですよ」

これは岩崎さんが、さっき言っていたことじゃねえか。

「ミスリードするために、このタイミングで切り出したのかよ」

黒木《くろき》がお化けなら、翔也《しょうや》より役職者の律人《りっと》を襲撃する方が効果的だったはずだ。

もし、黒木の告白が本当だった場合はどうなる。

「三柴《みしば》が騙《かた》っていて、庄條《しょうじょう》さんが狩人《かりゅうど》である可能性が？」

そうだよ、初日に庄條さんは、三柴に処刑の投票をしていたよな。

黒木はその事実を利用したのか？　じゃあ、あの時に庄條さんが三柴に投票した意味は？　庄條さんは三柴がお化けで、岩崎さんが裏切り者だと思っているのか。

だが、三柴が騙っているなら、お化けが三柴で、黒木が裏切り者だって線も考えられる。

だから、狩人と思《おぼ》しき翔也を襲ったのか？

もし、そのケースが本当なら、次の投票で俺が襲撃された時点で、村人陣営の負けが確定しちまう。

いや、他のパターンも、まだ有り得るんじゃないか？　岩崎さんが本当に占い師だったとしたら、どうなる？

ここに来て、お互いの私利私欲が、複雑に絡み合っていく。

そうなると、ゲームは続いているわけだから、大森《おおもり》さんが裏切り者だったたってことになる。

「くそっ！」

イラついた俺が、髪を掻《か》きむしる。すると、庄條さんが、不意にこぼした。

「我は村人だ」

「庄條さん？」

驚く程、その言葉は、俺の心にストンと落ちた。騙りなんかではないと、すぐに理解した。

俺か庄條さんが生き延びれば、勝てると言いたいんじゃないか？

庄條さんが騙っていないなら、次のターンで、全て終わらせられる。

そのためには、三柴の動きが重要だな。

「後は誰を信じるか、三柴次第だぞ？」

「俺っち？」

そこでウサギが言う。

【カッカッ！　処刑は二人だな！　じゃあ、夜のターンを始めようじゃねえか！】

俺はもう腹を括《くく》っていた。このターンで三柴が判断を誤らなければいいが。

俺は祈るように、ゲームマスターの号令が掛かる時を待った。

【カッカッ！　今日は誰も襲撃されなかったぜ！　じゃあ、議論を始めようか】

その言葉を聞き、俺は静かに拳を握った。

「よし、思った通りだった」

岩崎《いわさき》さんと律人《りつと》の席に、ぬいぐるみが置かれていた。

投票結果通りに、処刑は実行されたようだ。

俺は狩人《かりゆうど》たる三柴《みしば》に、確認をする。

「お前は、どっちを護《まも》った」

三柴は、俺を見つめ、

「小鳥遊《たかなし》君だよ」

「ありがとよ」

俺は黒木《くろき》を見据える。岩崎さんが死んで、ゲームが終わっていないとすれば、彼女はお化けではなく、裏切り者だったって可能性が高い。必然的に、お化けは誰になるか。

「俺が生きていて、ゲームが続いているってことは、お前がお化けだな？」

黒木は、ふてぶてしく言い放つ。

「霊媒師よ？」

「そうかよ。てっきり俺を襲撃すると思っていたが、三柴の護衛に防がれたか？」

黒木は、言い返さない。

「まあ、三柴がお前以外を護衛すれば、俺たちの勝ちは見えていた」

「三柴君を襲撃するとは考えなかったのかしら？」

「俺は庄條《しょうじょう》さんを信じた。だから、そのパターンだと、自動的にお前に投票が集まって処刑される。だから、唯一、黒木に靡《なび》く可能性があるのが、三柴だったはずだろ？　だが、三柴はお前を疑い、俺を信じてくれたみたいだな」

　俺は、淡々と自分の考えを述べる。

「真っ先に翔也《しょうや》を襲撃したのは、お前のことを最も理解している相手だったからだな？」

「根拠に乏しく、お話になりませんわ」

　俺は庄條さんに訊《き》く。

「初日に、三柴を処刑すると投票したのは、どうしてだ？」

「あの時点で、三柴くんが騙《かた》っていないか、カマを掛けただけだよ。彼女と結託していることも考えられたのでな。まあ、どのみち、岩崎さんが占い師を騙っていたとしても、彼女に二日目を乗り切る程の器量があるとは思っていなかった。クックックッ」

「そうか。まあ、そうだろうな」

　俺は黒木にとどめを刺す。

「お前だけがクラスメイトではないという事実が決定打だ。俺はそれをミスリードだと思っていたが、そうじゃなかったんだ。最初からお前は、怪しかったんだよ」

「その件は、自分で早とちりだと否定したくせに、滑稽ですわね」

「ああ、すっかり騙《だま》されたよ。でも、俺は思い出したんだよ」

「何をですか?」

「俺はリアルで、お前にQRコードが届いたことは、この目で確認した。だが、お前がパスコードを入手したところは見ていないんだよ」

そうだ。ひょっとすると、このゲームは、あの時から仕組まれていたのかもしれない。

「お前の反論を聞かせろ」

「なるほど、私がパスコードを入手し、ぬいぐるみに襲われる瞬間を目撃していないから。それが、あなたが私を疑う根拠ですか」

黒木《くろき》は嘆息する。

「どのみち、ここで投票すれば、私が黒だという結果になるのでしょ?」

黒木は口元に、だらしない笑みを湛《たた》える。

「ああ、残念だ。ボクとしたことが、ゲームオーバーのようだね」

俺はその口調に、戦慄を覚える。

【カッカッ! 白雪《しらゆき》のアネキ! 泡食っちまったな!】

ウサギの言葉に、俺の思考は混とんとする。

しかし、黒木の顔をしたそいつは、ぬいぐるみに殺意の目を向ける。

「黙れよ、ぬいぐるみ。この世界でボクに意見するとどうなるか、思い知りたいのかい?」

【ひぃ!?　すみませんでした】

調子に乗っていたウサギが、テーブルの上で土下座をする。

「仕方ないね。このゲームは、もう終わりにしよう」

黒木の姿をしたそいつの体は、次第に漆黒の瘴気《しょうき》を纏《まと》い始める。

そして、その影が彼女の全身を包むと、彼女の顔も服も、みるみる変化していく。

「会えて嬉《うれ》しいよ、小鳥遊《たかなし》くん。それから、姉さん？」

闇を具現化したような、おどろおどろしい表情。首に掛けたヘッドフォンから漏れ出る、

『ロキ』の合唱。こちらを射竦《いすく》める、獰猛《どうもう》な目。

「クックックッ。我も会いたかったぞ、妹よ」

俺はこいつを、もう二度と目にすることは無いと思っていた。

だが、俺の前に再び現れたこいつの名前は……。

「悪意の——白雪舞輪《まろん》」

俺は机の下の、震える両足をさすった。

文化祭の頃に味わった様々な恐怖が、俺の全身に刷り込まれている。

バットで殴られないか？　ハサミで襲われないか？　集団で向かって来られないか？

呪いの恐怖体験がスライドショーみたいに、繰り返し脳に映し出される。

「ハハハ！　いいね！　久しぶりにその名前を呼ばれたよ。やっぱり、白雪の方がしっく

RokiRoki
rock'n'roll.

り来るね」

悪意の白雪舞輪《しらゆきまろん》は、ウサギに凄《すご》む。

「おい、ぬいぐるみ？」

【は、はい……何でしょうか、白雪のアネキ】

「ここにいる全員を、元の魂に戻せ」

【か、かしこまりました！】

ウサギがテーブルの上で立ち上がり、パチンと指を鳴らした。すると、ぬいぐるみが煙を上げる。

みんなが元の姿に戻り、椅子の上にドカッと落ちた。

「うお、オレは人間に戻れたのか？」

翔也《しょうや》が自分の顔をペタペタと手で触る。

律人《りつと》は不安そうに自分の体を隅々まで確認する。

「僕も、ちゃんと戻れたみたいだよ」

大森《おおもり》さんは俺たちを見つめながら、

「私は、あんたたちに処刑されたことを、絶対に忘れないから」

と、物騒な感想を漏らしている。

だが、岩崎《いわさき》さんだけは、頭を抱え、小刻みに震えていた。

ふと、悪意が立ち上がり、岩崎《いわさき》さんの背後に回り込む。そして、彼女の肩から、ぬっと顔を出して、

「本当に、君は使えない奴《やつ》だね」

岩崎さんが短く悲鳴を上げる。

「まあ、一つ目のゲームなんて、茶番だよ。呪いの世界のチュートリアルみたいなものさ」

俺は、悪意に問う。

「どういうことだよ?」

「それは、見てのお楽しみさ。ねえ?【少女ふぜゐ】ちゃん?」

悪意が粘っこく微笑《ほほえ》むと、岩崎さんが泣き崩れる。

「ごめんなさい……ごめんなさい」

ウサギがクルクルと回り、空中にブラウン管テレビを顕現させる。

「それは、サムネイルの部屋にあった奴かよ?」

【カッカッ！　おうよ！　じゃあ、お化け陣営に敗北をもたらした裏切り者には、罰ゲームを執行するぜ！】

岩崎さんは、悪意の手を振り払い、テーブルに足を掛けた。

「やめて！」

ブラウン管テレビに手を伸ばすが、ウサギが人差し指を天に突き上げると、

【無駄だよ、嬢ちゃん。そいつには触れられねえさ】

テレビは、水に浸《つ》かっているかのように、プカプカと天井に浮き上がっていく。

【さあ、上映会と、しゃれこもうぜぇ！】

ウサギが言うと、テレビは俺たちの方へ傾く。

【今から、岩崎夏鈴《かりん》のパスコードが、ここにいる全員に開示されるぜ】

「そのテレビに岩崎さんの秘密が映るっていうのか？」

【カッカッ！　お前ら、滅多《めった》にお目に掛かれねえ、他人の秘密を楽しめや！】

ブラウン管テレビには、岩崎夏鈴の配信動画が映された。

「嫌っ……お願い、やめて……」

魔法少女のコスプレをした岩崎さんが、眉間に皺《しわ》を寄せて語っている。

【ボリュームを上げるぜぇ！】

テレビから、岩崎さんの声が流れる。

『ってかさ、あの女が歌ってる動画？　「ロキ」だっけ？　マジで何が良いのか分からないんだけど。あんなのが、バズるとか、訳分からなくない？』

「お願い。やめて」

岩崎さんは、テーブルの上に、膝からくずおれた。

『あっ、そうだ。ねえ、みんなでさ。あいつのコメ欄、荒らしに行かない？』

おそらくこれは、庄條舞輪《しょうじようまろん》の生前の出来事なんだろうか。

画面に映る【少女ふぜゐ】が、リスナーを煽《あお》り、焚《た》き付けている。

『たぶん、うちのクラスの調子こいてるボスザルとかも、この動画がバズってるって知らせたら、荒らしに行くと思うんだよね』

ボスザルとは、浦井《うらい》カナコのことだろうか。

『あいつ、バカだからな。ほんと、オツム弱いから』

口汚い言葉で、クラスメイトを罵倒していく。

『それからこいつ。庄條だっけ？　病気だからって、構ってもらえると思うんじゃねえよ、カスが』

「もうやめて……」

『——何でお前なんかが、私よりたくさん、《いいね》をもらってんだよ』

俺の脳裏に庄條舞輪の葬式の記憶がフラッシュバックする。

雨が降りしきる中、浦井たちが談笑する傍《そば》で、一人暗い顔をした女の子がいた。傘で隠れて、はっきりと顔は見えなかった。だが、庄條さんを乗せた霊柩車《れいきゅうしゃ》が出棺する際、その子は傘を傾けた。すると、その口元が露《あら》わになった。

どういうわけか、その女の子は、あのサムネイルの少年のように笑みを湛《たた》えていたのだ。

「あの時、笑ってた女の子って、岩崎《いわさき》さんだったのか？」

だから、彼女の死に関心を示さなかった浦井たちよりも、彼女の死を笑った岩崎さんの方が、悪意にしてみれば、許せない存在なのかもしれない。

「岩崎さん……これは、さすがに擁護できない」

俺は『ロキ』を歌い継ぐ者として、彼女の愚行を看過できなかった。

肥大した承認欲求が、人間から善悪の分別を奪っていく。

その見ず知らずの誰かが押した称賛《いいね》の数を、自分の価値だと勘違いして、他人にマウントを取る。

自分がその称賛を得る快感に浸るためなら、他人を傷つけることも厭《いと》わない。

誰かがバズれば、私の方が凄《すご》いと相手を貶《けな》し、粗を探して炎上させる。

庄條舞輪が『ロキ』に込めた、まっすぐな願いは、そんな悪意によって踏みにじられたのだ。浦井カナコが原因じゃなかった。

自分の手を汚さずに、浦井カナコを実行犯に仕立て上げた、黒幕が存在した。

それこそが、岩崎夏鈴《かりん》こと、【少女ふぜゐ】の抱えてきた秘密だったのだ。

傍らの庄條さんは、包帯を巻いた手を、ブラウン管に向けて翳《かざ》し、その指の隙間から何かを見つめているようだった。

そして、悪意の白雪《しらゆき》舞輪が、トンッと食卓に跳ね上がり、岩崎さんの隣に跪《ひざまず》いた。

「ボクを罵倒するように浦井カナコを焚き付けたのは、君だったわけだ？」

岩崎《いわさき》さんは、茫然《ぼうぜん》と虚空を見つめる。

「この場にいるみんなから《いいね》ももらえない少女風情が、図に乗るなよ？」

悪意のその一言で岩崎さんは、顔を真っ赤にして、

「うわぁぁぁぁ」

と、何度も食卓に額を打ち付ける。

「ハハハ。まあ、結果的に君の行いが、この新たな呪いのトリガーになってくれたのだから、感謝しておこう」

俺は悪意に訊《き》いた。

「お前はこの事実を、どこで知ったんだよ？」

「神様は何でもお見通しなのさ」

「神様？　何を言っているんだ」

悪意は答えず、食卓を降りる。

軽やかな身のこなしで床に着地すると、やおら振り向いた。

「ああ、そうだ。名前が無いのも不便だろう？　ボクが君に名前をつけてあげるよ」

ウサギに向かって提案する。

【ホントか!?　白雪《しらゆき》のアネキに名前をもらえるなんて、光栄だぜ！】

「そうだなあ。君はボクと同じ存在。ボクのメロディを伝える存在だ。だから、【オルゴ

ール】なんてどうだろう？」

【オルゴール？　オルゴールか、へへ！　今日からオイラは、オルゴールだ！　お前らも、オイラのことは、オルゴールと呼びやがれ！】

オルゴールは、偉そうに胸を反らした。

「まだゲームは残っているからね？　この後も楽しみにしているよ？」

その言葉を最後に、白雪舞輪《まろん》は視界から消える。

「おい、あいつどこに消えた？」

庄條《しょうじょう》さんが、

「クックックッ。眷属《けんぞく》よ、面白くなってきたな」

「庄條さん、よくこの状況で笑っていられるな」

サムネイルの少年を使って、俺たちにＱＲコードを送り、この呪いの世界に招いた真犯人は、蘇《よみがえ》った悪意の白雪舞輪だったのだ。

そして、俺たちに課せられたゲームは、残り二つ。

どちらもクリアしなければ、俺たちの魂は、二度とリアルには戻れないらしい。

「俺は勝って、必ず呪いの世界から脱出してみせる」

俺は静かに決意するのであった。

第四章　デスゲーム

俺たちは秘密という名のパスコードを登録することで、魂をサムネイルの世界に転移させられてしまった。

ここは、ぬいぐるみが喋《しゃべ》る異様な世界だ。

そんな俺たちの中に潜んでいた、イレギュラー。そいつは、『ロキ』の呪いを作り出した張本人。黒木真琴《くろきまこと》に化けた悪意の白雪舞輪《しらゆきまろん》だった。

一つ目のゲームを終えた俺たちは、オルゴールに別室に案内される。

庄條《しょうじょう》さんと共に先頭を歩く俺だったのだが、どうしても気になることがあった。

「なあ、庄條さん？」

「どうした、眷属《けんぞく》よ？」

「この世界は、悪意の白雪舞輪が生み出した物なのかな？」

「君の言い方は、あたかも別の誰かが作った世界であるというように聞こえるのだが？」

この世界の成り立ちに関する謎は多い。

異能を駆使し、躍動するぬいぐるみ。魂の俺たちに課せられる変てこなゲーム。そして、気が滅入《めい》りそうになるくらい仄暗《ほのぐら》い空間。

その全てを、悪意の白雪舞輪が用意したのだろうか？

「だって、あのサムネイルの野郎は、何なんだろうって思えてこないか？」

こちらに来てから、まだあいつの顔を拝んでいない。だが、あいつも呪いの関係者であることは、間違いないだろう。スマホにQRコードが送られてきた時に姿を現すのはいつだって、悪意の白雪舞輪ではなくあの少年だったんだからな。

「クックックッ。あいつか」

庄條さんは包帯を巻いた手首を撫《な》でながら、何やら物思いに耽《ふけ》っている。

「庄條さんは、あいつとテレパシーで繋《つな》がってたんだよな？　何か聞かなかったのか？」

「ふむ。まあな。だが、今はまだ訊《き》かないでおいて欲しい」

やはり庄條さんはあいつの正体を知っているようだよな。でも、何でそれを秘密にする必要があるんだろうか。

「訊かないで欲しいって、何でだよ？」

「今は目の前のゲームに集中した方が良いと思うからだ」

俺たちはこの世界で、悪意の繰り出す不条理なゲームに挑戦させられている。

「そうかよ。確かに、さっきのゲームは、骨が折れたもんな……」

こんな閉鎖的な空間で、互いを化かし合うような、人狼《じんろう》ゲームをプレイさせられたのだ。

俺たちの心には、多少のしこりが残ってしまっているかもしれない。

現に、後ろを歩く律人《りつと》と翔也《しようや》も冴《さ》えない顔をしていた。

大森《おおもり》さんは翔也にちょっかいを出すことをやめて、しおらしくしている。

最後尾の岩崎《いわさき》さんと三柴《みしば》を見ると、酷《ひど》く落ち込んだ様子の岩崎さんに三柴が付き添っているようだ。

彼女はゲームに敗北し、自分の知られたくない秘密をバラされてしまったのだ。その暴露の内容も笑えるものなんかじゃなかった。

岩崎さんは、庄條舞輪《しようじようまろん》の動画が荒らされるきっかけを作った。浦井《うらい》カナコに罪を着せ、自分は何食わぬ顔をして平然と毎日登校していたのだ。

庄條舞輪が『ロキ』の動画を撮影した意味を考えると、俺はやるせない気分だった。

だが、彼女だけではないのだろう。大森さんだってそう。下手をすりゃ、俺だってそうだ。ステージに上がる激しい自分と、教室で退屈そうにしている自分がいる。

人間は、誰しもそんな二面性を持ち合わせているのかもしれない。

そうだ。白雪《しらゆき》舞輪にも、善意と悪意の二つの人格があったように。

うん？　ちょっと待て。俺は、大事なことを忘れてないか？

「悪意が復活したってなると、善意はどうなったんだよ？」

俺がその可能性に言及すると、庄條さんは苦悶《くもん》の表情を浮かべた。

「どこかにいる。そうであって欲しいな。我の希望的観測だが」

気丈に振る舞っているが、悪意に染まった妹の魂を間近で見て、内心は穏やかじゃないのだろう。庄條さんだって、本当の妹に近い、善意の白雪舞輪に会いたいと思っているはずである。

「実は俺、さっきハロウィンパーティーの途中で、善意の白雪舞輪に会ったんだよ」

俺の告白に、庄條さんが珍しく取り乱す。

「本当か？　本当なのか？　眷属《けんぞく》よ、それは嘘《うそ》じゃないだろうな？」

こんなに早口で捲《まく》し立てる庄條さんを見るのは初めてで、俺は驚いた。

「PCの画面に、ちょっとだけ彼女の姿が映ったんだ。でも、あいつは不穏なことを口走って、すぐ砂嵐に掻《か》き消されていった」

「あの子は、眷属に何を伝えたのだ？」

「サムネイルの奴《やつ》に捕まりそうとか」

「そんな……妹は、どこかに捕らえられていると言うのか」

そのまま庄條さんは、何やら考え込んでしまう。

俺は付け加える。

「うまく聞き取れなかったんだけど。他にもたぶん、ぬいぐるみがそっちに行くとか、そんなことを言っていたと思う」

「そっちだと？　それは、このサムネイルの世界から、ぬいぐるみがリアルに転移したことを示しているのではなかろうか？」

「そういえば、彼女と会ってすぐに、ぬいぐるみの一団と出くわしたっけ」

「眷属《けんぞく》の話が本当だとしたら、善意の魂は、こちらの世界にあったということではないか？」

「そうか。善意の白雪舞輪《しらゆきまろん》は、このサムネイルの世界に居たから、ぬいぐるみの侵攻を予言できたってことかもな」

ふと、オルゴールが、足を止める。

【カッカッ！　お前ら、面白そうな話をしてるじゃねえか！】

俺はぬいぐるみに食って掛かる。

「大事なことは語る気もないくせに、割り込んでくるんじゃねえよ」

【そんなことねえぜ？　教えて欲しけりゃ教えてやるよ】

「何だと？」

こんな胡散臭《うさんくさ》いウサギの言うことを信用していいのだろうか？

俺が迷っていると、庄條《しょうじょう》さんが先に質問を投げた。

「では、訊《き》くが。善意の白雪舞輪の魂はひょっとして、この世界のどこかに閉じ込められているのか？」

【ああ、ご名答だ。善意のアネキは、この世界のどこかにいるぜ】

こうもあっさり認められてしまうと、逆に何かの罠《わな》かと勘繰ってしまう。

「てめえ、本当なんだろうな？　じゃあ、あいつは、どこに捕らわれてるって言うんだよ？」

鼻息が荒くなった俺を、庄條さんが制する。

「落ち着け、眷属よ。順を追って、情報を得ようではないか」

庄條さんが、ゴホンと咳払《せきばら》いをする。

「君たちぬいぐるみは、そもそもどういった存在なのだ？」

【そいつは最初に言った通りじゃねえか。オイラたちは、悪意だってな】

俺は面食らった。

「マジで、お前たちは何者なんだよ？」

悪意だなんて自己紹介をされて納得できるわけがなかった。

【カッカッ！　だからよ、オイラたちは悪意そのものなのさ！】

オルゴールは、コミカルな動きで、指を振り回した。

【お前たちの学校に蔓延《まんえん》していた悪意が、この世界のオイラたちを形作ったのさ。だから、お前ら、人間には感謝してるぜ。お前らが意地汚い生き物だからこそ、オイラたちがこうして命を授かったんだから。なあ？　岩崎夏鈴《いわさきかりん》？】

岩崎さんは、ビクッと肩を震わせた。項垂《うなだ》れていた彼女にとって、ぬいぐるみが吐き捨てた台詞《せりふ》は、あまりに非情だった。勿論《もちろん》、彼女の行いが、最低だったことに変わりはないが。

「お前には、血も涙もねえんだな……」

【お前さんは、何を言ってんだ？　無慈悲なのは、お前ら人間の方だろ？　お前らが心に抱える闇の集合体が、オイラたちぬいぐるみなんだからな！　人間はみんな、醜い化けの皮を纏《まと》ってるのさ！　カッカッ！】

俺はオルゴールに、言い返してやることが出来なかった。

確かに目の前の残忍なぬいぐるみの正体が、人間の悪意だとするのならば。元をただせば、俺たち人間の醜い心が、こいつらを生み出してしまったんだ。罪深き呪いという業の果てに。

ふと、庄條《しょうじょう》さんが立ち止まった。

「質問は、ここで打ち止めのようだな」

オルゴールは、扉の前に立った。そして、勢い良く体を反転させると、

【さて、お前らには、次のゲームに挑戦してもらうぜ。そのために、ちょいと準備をしようじゃねえか！】

オルゴールがパチンと指を鳴らすと、頑丈そうな扉に向かって突風が吹き込んでいく。

「なんだ？」

その風はドス黒い瘴気《しょうき》のようだ。人の影にも見える。黒い風は、その風圧で重い扉をい

とも簡単に開いてみせた。

　すると、風は部屋の中央で、細長いシルエットを作った。暗がりの中で、ゆらゆらと揺れる影。やがてその黒い塊は、人の形を成していくではないか。

「やあ、お待たせしてしまったね。少し準備に手こずっていたんだ」

　その影の正体は、悪意の白雪舞輪《しらゆきまろん》だった。

「またお前かよ……」

　俺が憎々しげに言い放つと、

「そう怖い顔しないでよ。ボクだって、君たちと楽しくゲームがしたいだけなのさ」

「嘘《うそ》つけ！　何が楽しいもんかよ！」

　さっきのゲームのおかげで、俺たちの関係にも不協和音が鳴り始めている。

　特に注意したいのは、大森《おおもり》さんか。俺たちが真っ先に黒だと、見捨ててしまったわけだしな。蓋を開けてみれば、彼女は白だった。あの時のことを、根に持っていてもおかしくない。

「そう怒らないでくれ。さあ、こっちに来てみなよ。君たちに素晴らしい余興を用意したんだからね」

「余興だと？」

　悪意との会話に気を取られて、部屋の中をよく見ていなかったが、ここは倉庫のような感じだった。

あの『ロキ』のサムネイルにあった物が、雑然と木製の箱に詰め込まれ、そこら中に置かれていた。

「これは、君たちにボクからのプレゼントさ」

すると、悪意の目の前には、俺たちの上半身くらいは優にある、黒い球が浮かぶ。

それを数えてみれば、ちゃんと俺たちの人数分ありそうだ。

「これは、何なんだよ？」

「だから、ゲームをより楽しむための、アクセントさ？」

「こんな気味の悪い物を受け取れるかよ」

「それは困ったね。そうすると、いつまで経《た》っても次のゲームを始められないよ」

「今度は脅しかよ」

俺たちは渋々、部屋に入る。

すると、その球は各自の胸元へと、すっと移動していった。

「この中に、何が入ってるんだよ？」

だが、俺ばかりが喋《しゃべ》って、他のメンツは沈黙を貫いている。

律人《りっと》と翔也《しょうや》も、険しい顔をしていた。

「大丈夫かよ、二人とも？」

翔也が俺を見やる。

「さあな。でも、やらなきゃ、やられるだけなんだろ？」

翔也らしからぬ、思い詰めた雰囲気を感じた。彼はもっとクレバーな印象だったのだが、何か苛立《いらだ》ちめいたものを、その横顔に宿している。

「僕も、覚悟を決めたよ」

律人が躊躇《ちゅうちょ》なく球の中に、右手を突っ込んでみせた。

「おい。気をつけろよ。中身が何か分からねえんだぞ？」

だが、俺の心配をよそに、律人は中から不思議な物を引っ張り出した。

「うん？　これは、どういうことなのかな？」

律人が手に持っていたのは、白と黒のボーダーの衣装。つまり、囚人服だった。

「はあ？　衣装が入ってるだけ？　チョロいじゃん」

そう言って、大森《おおもり》さんが律人に続く。

「おい、決めつけるなよ」

俺の声を無視して、大森さんは球の中から取り出す。

「私のは、シスターの衣装みたいね」

彼女が腕に引っ掛けているのは、黒いワンピースとヴェールだった。

三柴《みしば》も困惑しながら、訴えかけてきた。

彼が指で広げたのは、蛍光色のつなぎと、大きい赤の付けっ鼻だ。

「俺っちは、ピエロだよ。派手過ぎない？」

翔也《しょうや》は、黒装束を肩に掛け、不気味なマスクを顔につける。それはまるで叫んでいるかのような、悲壮感の漂う表情をしている。

「オレはたぶん、死神だな」

みんなが続々と、自分に与えられた衣装をお披露目《ひろめ》していく。

「俺の衣装は、何なんだろうか？」

ふと、端の岩崎《いわさき》さんを見やると、球の中を覗《のぞ》き込んで、ニヤついていた。

「岩崎さん？」

こちらが呼び掛けても無反応だ。

「人の心配をするより、まず自分のことだよな」

そして、俺は意を決して、球の中に手を突っ込んだ。

「これは、あれか」

やけに襟が大きいマントだった。そして、犬歯まで支給されたようだ。

「俺は吸血鬼かよ」

すると、庄條《しょうじょう》さんは、黒い三角ハットを頭に載せ、箒《ほうき》を手に持っていた。

「クックックッ。どうやら我は魔女のようだな。悪意よ。これは君の悪戯《いたずら》か？　それとも、みんなで仮装パーティーでもやろうと言うのか？」

　これから真剣にゲームに臨もうとしていたのに、こんなフザけた格好をさせられては、身が入らない。

「君たちの余興に水を差してしまったと、反省していたものでね。リアルでは、ハロウィンパーティーをお楽しみだったんだろ？」

「余計な気を回すんじゃねえよ。みんなで仮装して、ダンスでもしようって言うのかよ？」

　悪意は、口元を緩める。

「じゃあ、みんなで、命のやり取りをしようじゃないか？」

　すると、俺たちの目の前にあった黒い球は、どんどん形が歪《ゆが》んでいく。

「なんだよ？」

　そうして、変化が落ち着くと、俺たちは手に、物騒な凶器を握らされることになった。

「おいおい、いくら何でも、これはヤバイだろ？」

　悪意は肩をすくめる。

「どうしてだい？　さっきリアルでも、そいつをブッ放してきたんだろ？」

　大森《おおもり》さんが食いついてくる。

「ちょっと、それマジ？　それって私も、みんなを銃撃してたってこと？」

「お前、発言が洒落《しゃれ》になってねえぞ？」

「いいから、教えなさいよ」

俺は嘆息する。

「ああ、そうだよ。俺は魂の抜かれたお前の本体に、こいつで襲われたよ」

大森《おおもり》さんは、「ん～」と両頬《りょうほお》を紅潮させて、

「そっか。そうなんだ。私はちゃんと、世界をブッ壊してるんだ」

と、幸福そうな笑顔を見せた。

「お前は何で、そんなに世界を恨んでいるんだよ……」

大森さんは、顎に銃を当て、

「私はその白雪《しらゆき》って子が成し遂げられなかった、青春の破壊を実現させたいだけ。それが私の目的だったから」

ふと、翔也《しょうや》がこぼした。

「大森さん。無意味な争いはよそうよ？」

「響君《ひびき》の頼みでも、それは無理かな。だって、みんなは私を真っ先に裏切った。私はみんなに、嘘《うそ》つきのレッテルを張られたんだもん。そんな人たちを、今更信じられると思う？」

「それは、悪かったと思ってるよ」

「本当にそうかな？　響君だって、みんなに良い顔しているだけじゃない？」

「そんなわけないだろ？　オレは」

大森さんは、翔也のもとに近づいていき、

「私には分かるよ、響君の苦労。だって人気者を演じるのも、疲れちゃったよね。周りの顔色を窺《うかが》って、いい子ちゃんぶることは、自分の心を削るのと一緒だもん。それに、せっかく手に入れた、リア充の席を明け渡すプレッシャーって、重いんだよね」

翔也は表情を崩さない。

「オレのは、そんなんじゃない」

「じゃあ、響君の秘密は、どういうものなのかな？」

煽《あお》られて翔也は黙り込んでしまう。

まずいな。みんなの空気が、大森さんに流され始めている。

今の俺たちの心は、バラバラだ。

「大森さんは、リア充を装うことに疲弊して、呪いの復活に加担しようとしていたのかよ？」

「うん、そうだね。みんなが底辺だったら、クラスカーストなんて分類は起こらないじゃん。みんな仲良く、奈落に転がろうよ。ね？　その方が良くない？」

大森さんは、あざとさを捨て、銃を眼前に構えた。

「それの何が良いって言うんだよ？」

俺には理解できない発想だった。

悪意は嬉《うれ》しそうに言う。

「いいね！　二つ目のゲームは白熱しそうだよ！」

オルゴールが、畳み掛ける。

【カッカッ！　お前らのその歪《ゆが》みや捩《ね》じれが、オイラの力になるのよ！　仲間でドンパチ撃ち合えや！　二つ目のゲームは――】

ウサギは手に小さい銃を顕現させ、即座に引き金に指を掛け、

【――ハロウィンバレットだぜ！】

と、銃口をコメカミに当て、自らを撃ち抜いた。

ぬいぐるみの周囲に、彼の中を埋め尽くす綿が舞った。

「おい、何をやってんだよ⁉」

だが、オルゴールは、ギョロリと俺を目玉で射竦《いすく》める。

【カッカッ！　心配無用だ！　オイラは撃たれたって痛くも痒《かゆ》くもねえ！　だが、お前らがこの弾に当たっちまうと、オイラみたいなぬいぐるみになるから気をつけろよ！】

俺の脳裏に、夜の校舎での出来事が蘇《よみがえ》る。

魂を抜かれた傀儡《かいらい》に撃たれた奴《やつ》らが、ぬいぐるみに変えられていく光景が。

「ってことは、どっちの世界に居たって俺たちは、その銃で撃たれたら、ぬいぐるみにされちまうのかよ？」

【何だ、怖気《おじけ》づいたのか？　カッカッ！】

と、庄條《しょうじょう》さんが、オルゴールに近寄り、耳をガシリと掴《つか》む。

【なんだ、なんだ！　おい！】

まるで大根でも引っこ抜くみたいに、庄條さんが自分の顔の高さまで、ウサギを持ち上げた。

「クックックッ。御託はもういい。ハロウィンバレットとは、どんなゲームなのか。そろそろ説明してくれないか？」

庄條さんが凄《すご》むと、オルゴールは甲高い悲鳴を上げる。

【白雪《しらゆき》のアネキ、ど、ど、どうする!?】

ウサギは、悪意に助けを請う。

「ボクから説明しよう」

「うむ。お願いするぞ」

庄條さんが投げ捨てると、オルゴールはコロコロと転がって壁に激突した。

【アネキ……やっちゃってください】

悪意の白雪舞輪《まろん》は、虚空に手を翳《かざ》した。すると、俺たちの心臓の辺りに、あのターゲットマークが投影される。

「何だよ、これは？」

「ただ撃ち合うだけでは、面白くないじゃないか？　だから、君たちは自分の好きな部位に、それを刻印してもらおう」

「ターゲットマークを的にして、撃ち合うって言うのか？」

「それを撃ち抜かれると、ぬいぐるみにされてしまう」

この的は、サムネイルの少年の顔に張り付いた、あの紙のようじゃねえか。

「でも、どうやってこれを刻印するんだよ」

「どこに刻みたいかを、念じればいいさ。そうすれば、君の意思で場所は変えられる」

三柴《みしば》が、手を挙げ、

「俺っちがやってみるよ」

と、すぐさま目を瞑《つぶ》る。次の瞬間、ターゲットマークは背中に移動した。

「どう、背中にある？」

三柴が俺たちに背を向けた。

「ああ、ちゃんと背中に的が動いたぞ」

どうやら悪意の説明は、本当らしい。

悪意は付け加える。

「場所を変えられるのは、仮装するまでの間だから、気を付けてね」

「じゃあ、全員が着替え終わったら、ゲームスタートってことかよ？」

「そうしようじゃないか。それから、その衣装は、的を隠すための物でもある。面白いだろ？　まるでそのターゲットマークは、君たちが胸の中に隠した秘密のようさ。だから、せいぜいその布を剥《は》がして、的を見つけるんだね」

悪意は指で銃の形を作ってみせる。

「つまるところ、これはデスゲームなのさ」

「デスゲームだと……？　おいおい。ぬいぐるみにされたら、俺たちは死んじまうのか？」

悪意は左右に首を振る。

「まあ、生き返れなくはない。だから、まずは精神的な死と言ったところかな」

「精神のデスゲーム？　何だよ、そいつは？」

「君たちが賭けるのは命じゃない。秘密なんだよ」

悪意の言葉を聞いて、みんなが一斉に後ずさった。

「秘密を賭けろって、それじゃあ……」

俺は岩崎《いわさき》さんの顔を見やる。

もし、ぬいぐるみにされてしまったら、さっきの人狼《じんろう》ゲームの時の彼女みたいに、パスコードを暴露されるってことなのか？

そうやって俺が危惧していると、意外なことに翔也《しょうや》が話を切り出した。

「それはさ。撃たれたら、みんなにパスコードを知られるってことかよ？」

「そうだと言ったら？」

悪意が下卑た笑みを見せると、周囲がざわつく。

「仲間を銃で撃てって言うのかよ？　あんまりじゃねえか」

俺が嘆くと、

「おや？　君たちは本当に、仲間なのかい？」

「仲間に決まってるだろ。クラスメイトだぞ。なあ？」

と、俺は、みんなの顔を見回す。

だが、悪意に言い返す奴《やつ》は居なかった。

「おい。翔也《しょうや》、律人《りつと》？　何でそんな顔をしてるんだよ？」

二人は俺と目を合わそうとしない。その表情は、どこか陰っていた。

「ハハハ！　滑稽だね。みんなに秘密を知られると分かった途端、隣の人が敵に見えてきたんじゃないかな？」

そんなことってあるのかよ。俺たちスプライツに、どんな秘密があるって言うんだよ。

俺は翔也と律人の反応に、痛くショックを受ける。

「こんなクソみたいなゲームを、よく思い付いたな」

「小鳥遊《たかなし》くんに褒めていただけるとは、光栄だね」

ゲームをクリアしなければ、リアルに帰してもらえないことは分かっている。

だが、クラスメイトと撃ち合うっていうのは、どうも気が引ける。

「せめて時間をくれよ。朝になるまでとか」

オルゴールが、ピクリと眉を動かした。

【うん？　何かお前は、勘違いしてるみてえだな】

「はあ？　どういうことだよ？」

【だって今は、夜じゃねえぜ】

「はあ？　でも、この世界はどこもかしこも、こんなに薄暗いだろ？」

オルゴールはトコトコと窓に近づいて行き、カーテンを開ける。

すると、溢《あふ》れんばかりの光が俺たちの両眼《りょうめ》を眩《くら》ませた。

「うわっ、何だよこれ」

俺は目を眇《すが》めて、光の射《さ》す方を辿《たど》る。

窓の向こうの太陽は、丁度俺たちの上空。つまり、真上にあるようだった。

「何だよ、外は真昼間だったのか？」

オルゴールは、おかしそうにお腹《なか》を抱える。

【カッカッ！　誰も最初から、この世界が夜だなんて言ってなかっただろ？】

俺が思い込んでいただけなのは、間違いない。

【ついでに、お前らに、この世界のカラクリを教えてやるよ】

「カラクリだと？」

【ああ、この世界は、お前らの居た世界と時間帯が逆転してるんだぜ？】

「こっちが昼なら、リアルは夜だってことか？」

【ああ、その通りだ。昼夜逆転。それがこの『ロキ』の世界の常識よ！】

俺は窓から覗《のぞ》く太陽を眺めて、

「こっちが昼だからって、俺たちに何の関係があるんだよ？」

【お前たちは夜から来たんだろ？　だから、こっちに来てそれ程、時間は経《た》っていないと言える。だが、この世界が夜を迎える頃には、お前らの世界は、すっかり朝よ】

「まさか、この世界とリアルの時間帯が逆転しているだけで、同じだけ時を刻んでいるってことかよ？」

【ああ、そうさ。それに、魂を抜かれたリアルのお前ら自身は、今もパーティー会場で暴れてるんだぜ？】

俺は失念していた。

「そうだよ、悠長にゲームなんかしてる場合じゃ無いだろ！」

【カッカッ！　お前らが日没までに、全てのゲームをクリアできなければ、リアル世界は呪われて、みんなぬいぐるみさ！】

「俺たちはどうなる？」

【お前らの魂は、この世界に置き去りになり、呪われたリアルのお前らは一生、他人をぬいぐるみに変え続けるだけの傀儡《かいらい》さ！　カッカッ！】

いつまでもリアルの自分を襲撃者にさせていてはいけないだろ。

「傀儡になった俺は、今もあのパーティーで誰かを襲っているんだな」

【そうさ。オイラたち、悪意を引き連れてな。カッカッ！】

悪意は両手を掲げる。

「そうだ。言い忘れてたよ。優勝者には、パスコードの開示を免除する。それが、このゲームで得る君たちの対価さ」

みんなの目つきが、鋭くなった。

「優勝者なんか決めて、それから俺たちはどうなるんだよ？」

「次のゲームのことが聞きたいなら、まずは優勝することだね」

「ちっ……生意気な奴《やつ》だぜ」

悪意がまた自分の顔の前で、手を翳《かざ》した。

「じゃあ、君たちを、それぞれのスタート地点まで送ってあげよう」

すると俺たちの目の前には、ドアが現れる。

「なんだよ、これは？」

「そのドアは、それぞれ離れた部屋に繋《つな》がっているんだよ」

「じゃあ、俺たちは、分断されるってことか？」

「うん、そうさ。この呪いの世界の敷地内で、気の済むまで殺《や》り合ってくれ」

「俺たちは、ゆっくりこの屋敷の案内もされてないんだぞ？」

「じゃあ、分かるようにしておこう」

「分かるようにって、どうするつもりなんだよ？」

だが、ドアが開き、

「なに!?」

俺たちは凄《すさ》まじい力で、その中に吸い込まれていく。

「小鳥遊《たかなし》くん？　君の健闘を祈っているよ？」

「白雪舞輪《しらゆきまろん》！　待てよ、まだ話は終わってねえぞ？」

無情にも、視界から悪意は消え、気が付くと俺は、ポツンと見知らぬ部屋に転移させられていた。

「おい、ここはどこなんだよ？」

その部屋は妙に騒がしかった。足元には電車の模型が走り、天井には飛行機が舞っている。壁には、平仮名のような文字が落書きされており、ロボットのオモチャが歩き回っている。

「子供部屋なのか？」

俺は、ロボットが手に何かを持っていることに気が付いた。

「なんだ、こりゃ？」

そいつから取り上げてみると、どうやらそれは地図のようだ。

「なるほど。こいつで、みんなの位置を確認しろってことか」

マップには、俺たちが移動した部屋にマーキングが記されていた。

誰がどこに飛ばされたかローマ字で名前が表記されているので、一目瞭然だ。

「俺の陣地から近いのは、岩崎《いわさき》さんと翔也《しょうや》だな」

俺は手に持った吸血鬼の衣装を手近にあった机に置き、しばし考える。

「さて、ターゲットマークはどこにしようか？」

いざ、決めようとすると、どこがいいか迷ってしまうものだ。

「あえて隠さないって選択肢は無いか？」

俺は右の手の平に、的を刻印した。そして、吸血鬼の仮装を済ませる。

「さあ、どうすりゃいいんだ」

俺が着替え終えると、地図にあった俺の名前が光り出す。

すると、耳元でオルゴールの声がする。これもテレパシーみたいなものなのか？

【さて、全員、準備が出来たみたいだな！】

いよいよ、デスゲームが始まるのかと、俺は銃を手に握る。

【——ほんじゃまあ、ハロウィンバレット、スタートしやがれ！】

オルゴールの掛け声が、ゲーム開始の合図らしい。

俺は、地図に目を通して、クラスメイトたちの現在位置を推測しようとしていた。

「どこに誰が潜んでいるかも分からないからな」

本当にこんなことをしないといけないのだろうか。クラスメイトたちの秘密を暴き合う、不条理なデスゲームだ。何が面白いんだよ、こんなもん。

「でも、俺は優勝しなきゃならねえ。善意の白雪舞輪《しらゆきまろん》だって助けたいんだ」

このゲームの優勝者が素直に、俺たちをリアルに帰してくれるかなんて分からない。だったら、自分が優勝をして、みんなをリアルに帰すしか無いだろ。

「よし」

覚悟を決めた俺がドアを開け、外に出た瞬間だった。

「お前は!?」

俺の部屋の前に、銃口を向けた魔法少女が待ち構えていた。

「魔法少女【少女ふぜゐ】ちゃんが、腐った世界を成敗しちゃうです！」

それが決め台詞《ぜりふ》なのだろうか？　岩崎《いわさき》さんは、得意げにウインクを決める。

「さあ、的をどこに刻印したか、吐くのです！」

俺は銃を握り、手の平を隠す。

「誰が教えるかよ」

「聞き分けのない子はお仕置きなのです」

一言で言い表すなら、彼女はもう壊れていた。先程のパスコードの流出によって、もう岩崎さんの精神は崩壊している。瞳からは、感情が消えている。

だから、俺はヤバイと思った。

猟奇に染まったその双眸《そうぼう》は、俺を撃ち殺すことだけを見据えている。

「吐かないなら、身ぐるみを引っぺがすまでです」

魔法少女は、俺に殴り掛かってくる。

「くそっ」

俺が彼女を力ずくで止めようとした、その時だった。

「六樹《むつき》！」

ものすごい勢いで誰かが、岩崎さんに突進した。意表を突かれた彼女は、すっ飛ばされた。

「な、な、何ですか!?」

と、岩崎さんは廊下で尻餅をつき、目を血走らせている。

「魔法少女の私に歯向かうなんて許さないのです」

そして、天井に銃を向けて発砲する。

「世直しなの。これは、世直しなのです！」

と、駄々《だだ》っ子みたいな奇声を上げ、何発も天井に銃弾を撃ち込む。

「岩崎《いわさき》さん、すっかりキャラ変しちまったな」

「感心している場合じゃないぞ、六樹《むつき》！　逃げるぜ」

そいつは、不気味な白いマスクをしていた。これは死神の仮装をさせられた翔也《しょうや》だ。

俺は彼に手を引かれ、走り出す。

「サンキュ。翔也、助かったよ」

「気にすんな」

だが、翔也に連れられ、T字の廊下を折れると、そこには壁があるだけだった。

「あれ？　こっちは行き止まりみたいだぞ？」

「ああ、そうだな」

すると、俺は翔也に、その窪《くぼ》みに押し込まれる。

「おい、翔也？　何でこんな乱暴な真似《まね》すんだよ？」

だが、翔也はマスクを取ると、俺に敵意剥《む》き出しの目を向けた。

俺は彼の顔を見て悟った。翔也にも知られたくない秘密があるのだということを。

彼が手に持つ銃は、死神で譬《たと》えるところの首切り鎌といったところか。

そして、俺の額に、ひんやりとした感触が走った。

「翔也《しょうや》？」

「悪いな、六樹《むつき》」

俺に武器を向けるのは、沸き立つステージの上で、苦楽を共にした男だ。

「翔也、何でこんなことをするんだよ？」

——俺は親友に、あまりにも冷たい銃口を突きつけられたのであった……。

TO BE CONTINUED……

THE CURSED SONG

ロキ

あとがき

人気曲『ロキ』のノベライズ第二弾、いかがだったでしょうか。きっとお楽しみいただけたことでしょう。みなさまの想像の斜め上を行く展開だったのではないでしょうか。

作者の遊び心として本作は、『ロキ』以外のみきとP様の楽曲のエッセンスも、ところどころ盛り込んでおりますので、是非探してみてください。

こういうイタズラって、作者も楽しいんですよ。執筆しながら、気付いてもらえるかしらとニヤついております。一番気に入っているのは、やっぱり庄條澪《しょうじょうれい》ですね。みなさん、彼女の元ネタわかりましたか？

私自身も、このラノベ版『ロキ』は、楽曲ノベライズの発展形のような作品にしたいと思っております。そもそも、原曲に呪いの要素がないわけで（笑）

前回のあとがきにも書いたのですが、この『ロキ』はもっとストレートな青春音楽小説になる予定でした。勿論《もちろん》、そちらのプロットを基に、物語を描き切っていたとしても、みなさんに喜んでいただける作品になっていたと思います。

しかし、そうなると、庄條澪や黒木真琴《くろきまこと》といったキャラクターたちは、生まれていなかったように思います。呪いの曲という設定に変更したことで、彼女たちが生まれたのかと思うと、何だか感慨深いですね。更に、この巻から登場する、大森奏絵《おおもりかなえ》や岩崎夏鈴《いわさきかりん》というキャラも、呪いの話じゃなかったら、もっと違う性格だったでしょうね。

　一巻の発売後に、みなさんからたくさんの反響をいただきましたが、やはり庄條澪が好きという意見が圧倒的に多かったんです。だから、設定変更の判断は間違いじゃなかったかと感じております。

　他にも、色んな意見を目にしましたが、改めて感想を読んでいると、この『ロキ』という楽曲は、みなさんの大切な思い出なんだなと、身が引き締まる思いでした。

　まだまだラノベ版『ロキ』は続きますので、期待に応えられるように頑張ります！

　さて、ＭＦ文庫Ｊからは、他にも『ベノム』や『グッバイ宣言』といった有名楽曲のノベライズが大好評発売中です。どれも面白いですので、是非、他の作品たちも併せて、ご贔屓《ひいき》にして下さいませ。お財布の許す限り、無理をしない程度にお願いしますね！

　ちなみに先日、書店さんで、ＭＦ文庫Ｊの楽曲小説を買って、しおりはゲットできましたか？

　その三作品を買うと、しおりをもらえるというフェアが行われましたが、そのイベントの販促グッズのポスターに、名立たる皆様のサインが並ぶ中、私もサインを書かせていただいたのですが、ペンを持つ手が震えましたね。素晴らしい経験をさせていただいたものです。もし、みなさまにお会いできる機会があれば、感謝を込めて『ロキ』の本にサインしたい気持ちでいっぱいでございます。いらないって言わないでね。

　そして、ここでハッピーなご報告ですが、なんと『ロキ』のコミカライズ企画も進行しているらしいですよ。これは、めちゃくちゃ楽しみです。

自分の考えた物語が絵として動く。こんなに嬉《うれ》しい話があるでしょうか。

また一つ、夢が叶《かな》いました。本当に、この作品に携われたことを幸せに思います。関係者の皆様には感謝しかありません。ありがとうございます！

感想のお便りや、ＤＭなども、どんどん下さいね。

みなさんの『ロキ』への熱量が、私自身の力に変わります。今後、どこまで続刊できるかは、みなさんの力次第ですよ！

というわけで、三巻はどんな展開になるのでしょうか。彼らの抱える秘密は暴かれてしまうのか。六樹《むつき》たちの運命やいかに！

では、今回も、恒例となったあの言葉で締めましょう。

――ロキロキロックンロール！

総夜《そうや》ムカイ

祝 コミカライズ第2弾
ご購入頂きありがとうございま
1巻に引き続き楽しんで
頂けると嬉しいです!
KUKU KU....
Stop!
!!
1
2
3
4
5

「ファンレター、作品のご感想をお待ちしています」

あて先

〒102-0071　東京都千代田区富士見2-13-12
株式会社KADOKAWA　MF文庫J編集部気付

「総夜ムカイ先生」係　「みきとP先生」係　「GAS先生」係

MF文庫J

ロキ2
THE CURSED SONG

2023年 1月25日　初版発行
2024年 9月10日　7版発行

著者　総夜ムカイ
原作・監修　みきとP
発行者　山下直久
発行　株式会社 KADOKAWA
〒102-8177 東京都千代田区富士見2-13-3
0570-002-301（ナビダイヤル）
印刷　株式会社 KADOKAWA
製本　株式会社 KADOKAWA

Printed in Japan　ISBN 978-4-04-682106-5 C0193